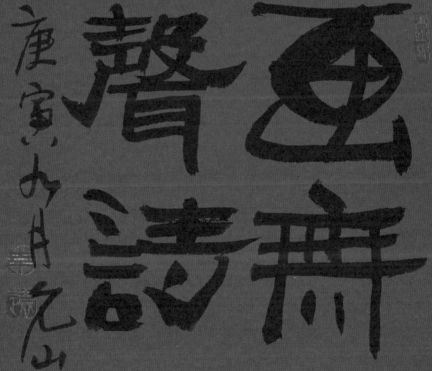

聲齋詩

庚寅之夏此山書

까세 V

까세 육필 시화집

최석로 편

서문당

한국 유명 시인 화가 212인의
까세 육필 시화집

Contents

김 구 대한민국 임시정부 주석

김 구 (金九 1876~1949) 독립운동가 정치가 : 호는 백범(白凡). 황해도 해주 출생. 3.1운동이 일어나자 상하이로 망명, 임시정부의 경무국장 등을 거쳐 대한민국임시정부 조직에 참여 1944년 주석에 선임 되었다. 휘호를 쓴 1월 8일은 이봉창 의사의 의거일이다.

철혈정신(鐵血精神)-김구 휘호

'백범 선생님의 휘호가 있는 오래전 사진'

왼쪽부터 아동문학가 이영희(2021 작고), 수필가 전숙희(2010 작고) 선생님, 가운데가 편자 다음이 시인 김남조 선생님, 편자의 아내. <1975년 가을, 서문당 내방 기념사진 중에서>

김 령 화가

김령(金鈴) 화가 : 1947년 서울 출생. 1969년 홍익대학교 미술학부 서양학과 졸업 제30회 국전 특선. 25회의 개인전, 국내외 초대전 등 다수.
저서로 〈시가 있는 누드화집〉 지하철문고, 〈김령 드로잉 100선〉 열화당, 〈아르 코스모스 김령〉 화집 서문당. 등

백범 김구의 초상 〈원본 백범일지〉 표지 그림-김령 작

Kim Lyoung.
2018. 9.

9인 합작도(九人合作圖)

* **석정 안종원**(石丁 安鍾元 1874~1951) 한국의 서예가 : 어려서 한학을 했으며 호는 석정, 관수거사(觀水居士), 경묵당주인(耕墨堂主人). 양정의숙의 교장을 역임. 예서 행서 초서에 두루 뛰어났으며, 그림도 잘 그렸다. 역시 연장자로서 화제를 썼다.

* **일주 김진우**(一洲 金振宇 1882~1950) 화가 : 사군자 화가로 유명했으며, 특히 그 중에서도 대나무를 잘 그렸다. 본관은 강릉, 호는 일주, 금강산인(金剛山人). 한말 의병장 유인석의 제자로 독립운동가이다.

* **춘곡 고희동**(春谷 高羲東 1886~1965) 화가 : 본관은 제주. 서울 사람으로 일찍이 안중식과 조석진에게 서화를 배웠으며, 1908년에 일본으로 건너가 도쿄미술학교에서 서양화를 공부한 후 한국 최초의 서양화가가 되었으며 1915년에 귀국 후배들에게 서양화를 가르쳤다. 특히 1918년 우리나라 최초의 미술인 단체인 서화협회를 창립했으며 대한미술협회장, 대한민국예술원원장을 지냈다.

* **정재 오일영**(靜齋 吳一英 1890~1960) 화가 : 서울 출신으로 서예가 오세창의 조카. 1911년에 서울미술원에 입학, 안중식, 조석진에게서 전통화법을 수학, 1914년에 졸업하고 서화협회 회원이 되어 활약했으며, 1920년에는 이용우와 함께 창덕궁 대조전 동쪽 벽에 봉황도를 그렸다. 합작도에서는 맨 왼쪽의 모란을 그렸다.

* **심향 박승무**(心香 朴勝武 1893~1980) 화가 : 충북 옥천 출생. 안중식과 조석진에게 사사를 받았으며 선전에서 활약하다가 6.25 전쟁 후 대전에 정착, 남종산수의 전통을 간직하였다.

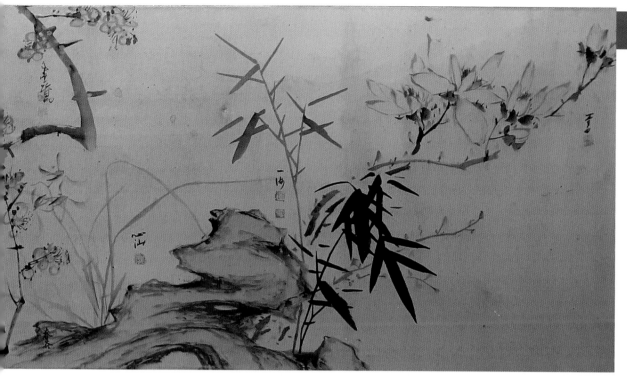

　　구인 합작도(九人合作圖) : 합작도는 동양화에서만 볼 수 있는 명품이지만 이렇게 아홉 분이나 되는 많은 이가 참석하기는 쉬운 일이 아닌 법, 더욱이 참가인들은 당대의 10대 명인들! 애애한 화기를 짐작케 하는 그림, 이들은 모두 48세에서 76세로, 연장자인 석정이 <百花爭姸>의 화제를 걸었고, 이어서 중추적 역할을 했을 춘곡이 가운데를 약간 비켜서 괴석을 그리자 사군자 화가 일주가 충절의 대나무를 그리고, 젊은 청전 이상범이 오른쪽 높은 곳에 가장 키가 큰 목련화를, 한가운데는 묵로가 매화를, 왼쪽으로, 심향이 국화를…… 때는 1948~1950년 봄쯤으로.

1957년 충남문화상을 받았고, 특히 설경산수로 유명했다. 이 작품에서는 국화를 남겼다.

* 청전 이상범(靑田 李相範 1899~1976) 화가 : 충남 공주 출생. 당대의 명인이었던 심전 안중식의 제자로 스승의 호에서 젊은 전(田)이라는 뜻으로 청전이라는 호를 받았다. 서화예술회를 졸업했으며, 선전(鮮展) 특선 10회를 기록한 한국화의 거장이다.

* 심산 노수현(心汕 盧壽鉉 1899~1978) 화가 : 청전 이상범과 함께 심전 안중식에게 사사. 스승의 호 심자를 받아 심산이라는 호를 받았다. 20세기 한국산수화에서 독자적인 영역을 개척하였으며, 청전 이상범, 의재 허백련, 심향 박승무 등과 함께 동양화가 6대가로 불리었다.

* 정재 최우석(鼎齋 崔禹錫 1899~1955) 화가 : 서울 출생으로 서화미술회에 입학 청전 이상범, 심산 노수현과 함께 안중식과 조석진의 문하생이 되었으며, 1918년 졸업 후에는 일본으로 건너가 일본 화풍을 배웠고, 한국의 10대 화가로 이름을 올렸다. 이 작품에서는 난초를 그렸다.

* 묵로 이용우(墨鷺 李用雨 1902~1952) 화가 : 서울 출생으로 9세 때 서화미술회 1기생으로 입학, 안중식과 조석진에게 사사했으며, 1914년에 서화미술회의 회원이 되어 활약하였다. 광복 후 문교부 예술위원, 제1회 국전 심사위원을 지냈으나 6.25 전란 중에 전주에서 사망. 한국의 10대 화가로 꼽히고 있다.

강소이 _{시 인}

강소이 시인 : (姜笑耳)
월간 『시문학』으로 시, 『서울 문
학』으로 수필 등단
이화여자대학교 국어국문학과 졸업,
이화여대 교육대학원 국어교육 전공
한국시문학문인회 이사, (사)현대시
인협회 회원, 국제펜클럽 한국본부
국제협력위원,
수상 : 제1회 시민이 드리는 호국특
별상 수상(시 부문), 제10회 한국현
대시인협회 작품상 수상(시 부문),
제16회 풀잎문학상 大賞 수상(수필
부문), 제44호 사상과 문학 大賞 수
상(수필 부문)
시집 : <별의 계단>, <철모와 꽃 양
산>, <새를 낳는 사람들> 산문집 : <
유적지, 그 백 년의 이야기>, <독립
운동가 숨을 만나다>, 1,2,3권

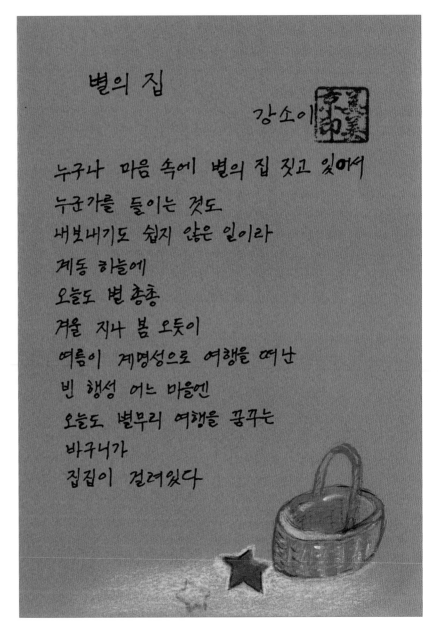

별의 집

강소이

누구나 마음 속에 별의 집 짓고 있어

누군가를 들이는 것도
내보내기도 쉽지 않은 일이라

계동 하늘에

오늘도 별 총총

겨울 지나 봄 오듯이

여름이 계명성으로 여행을 떠난

빈 행성 어느 마을엔

오늘도 별무리 여행을 꿈꾸는

바구니가
집집이 걸려있다

접시 위에 연시

강소연

마음에 파고든 못 하나
낯설다고
토혈하는 침묵

입술에 매달려 있는
수없는 말 조각
대리석 보다
함초롬히 맑다

때로
하고 싶은 말
접시 위에 연시로 익은
주홍

강정혜 화가

강정혜 화가 : 호 자림(慈林)
동양회화의 전통적 수묵화를 그리는
작가이다. 글로벌 시대에 가장 한국
적인 것이 가장 세계적인 것이라는
작가 정신으로 순수 한국풍경화를
그린다. 그는 충남대를 졸업하고 목
원대학교에서 한국화를 공부하였다.
대전광역시미술대전, 대한민국 여성
미술대전, 경인미술대전, 신사임당
미술대전 등에서 입상하였다. 2017
년부터 프랑스 아트샵핑에 참여하여
루브르 박물관 까루젤관에서 한국
화를 발표하였다. 현재 동양수묵연
구원과 파인아트 멤버로 활동 중이
다.

강찬모화 가

강찬모 화가 : 1949년 충남 논산 출생. 중앙대학교 예술대학 회화과 졸업, 일본 미술학교 수학(채색화 연구), 일본 츠쿠바대학 수학(채색화 연구).
2013년 프랑스 보가드성 박물관 살롱전 금상. 히말라야 설산에서 '빛이 가득하니 사랑이 끝이 없어라-'는 주제로 하늘의 별을 그리는 화가로 국내외 초대전 개인전 등 왕성한 활동을 하고 있다. 서문당에서 아르 코스모스 <강찬모> 화집 발행 (2017)

강행원 화가

강행원(姜幸遠) 화가 : 1947년 무안에서 태어나, 1982년 동국대학교 대학원 미술과를 나와 화가로 데뷔하였다. 1985년 국립현대미술관 초대작가가 되어 미술대전 운영위원 및 심사위원장을 역임했다. 성균관대학교, 경희대 교육대학원, 단국대 및 동대학원 등에서 강의를 했고 민족미술협회 대표, 참여연대 자문위원, 가야미술관 관장을 지냈다. 1993년 권일송 선생 천료로 문단에 나와 시집 <금바라꽃 그 고향>, <그림자 여로> 등을 냈으며, 저서에 <문인화론의 미학>(서문당)이 있다.

고영섭 시인

고영섭 시인 :
1989년 『시혁명』, 1995년 『시천지』로 작품활동 시작. 1998~1999년 월간 『문학과 창작』추천 완료. 시집 <몸이라는 화두>, <흐르는 물의 선정>, <황금똥에 대한 삼매>, <바람과 달빛 아래 흘러간 시>, <사랑의 지도>. 평론집 <한 젊은 문학자의 초상>. 제21회 현대불교문학상(2016), 제16회 한국시문학상(2016) 수상. 『시와세계』(2016) 문학평론 등단. 현재 동국대학교 불교학과 교수(한국불교사 및 동아시아불교사상사 전공)로 재직.

마음을 사는 일
- 화두 1

고영섭

사람이 사람에게 반한다는 것은
헬 수 없는 이유가 있을 것이다
사람이 사람을 좋아한다는 것은
셀 수 없는 까닭이 있을 것이다

어느 순간 내 마음에 깊게 파고든
정말로 나를 뒤흔들은 말 한마디
어느 순간 내 가슴에 넓게 배어든
진실로 나를 이끌었던 몸짓 하나
아아, 나를 뒤흔들었던 한마디 말
무연한 너를 끌어당긴 하나의 몸짓.

나 한
-영월 창령사 오백나한상

고영섭

학교의 졸업 장도 필요가 없고
용을 썼던 성적표도 필요가 없네
어떻게 살아야 저 표정 나올까
무엇을 알아야 저 웃음 나올까
기쁨도 노함도 뛰어넘고서
슬픔도 즐거움도 뛰어넘고서
좀 배웠단 멍울 빼고 또 빼어버린
좀 안다는 우쭐 놓고 또 내려놓은
아, 비울것 다 비워낸 사내가 있다
저 닦을것 다 닦아낸 사내가 있다.

고정애 _{시 인}

고정애 시인 :
저서 시집 『날마다 돌아보는 기적』
외 다수.
일역 <105 한국 시인선>
김남조 선시집 <신의 램프>
박제천 선시집 <장자시莊子詩>등
다수
－국제 펜클럽 번역문학상－시인들
이 뽑는 시인상, 바움문학상 수상
한국문인협회, 한국시인협회, 문학
아카데미, 국제펜클럽 한국 회원

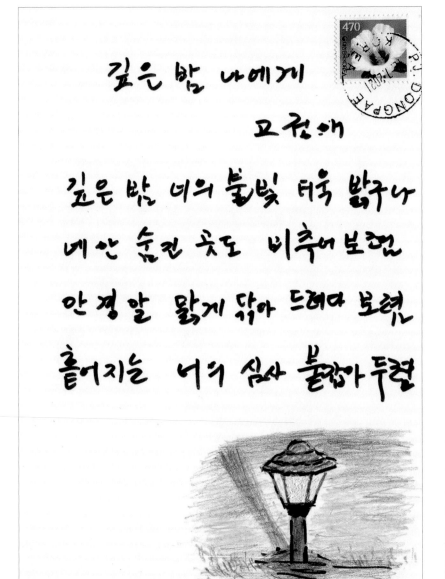

깊은 밤 나에게
          고정애

깊은 밤 너의 불빛 더욱 밝구나
네 안 순전 숯도 비추어 보련
안경알 맑게 닦아 드려다 보련
흩어지는 너의 심사 붙잡아 두련

세월

고정애

잡아도
불잡아도
잡히지 않는

그대는 바람

붙들려다
온몸으로 부딪잡다
생목 찢는 소리
허공에 흩어진다

거머쥔 한 줌의
그대 옷자락

곽 훈 화 가

곽훈(郭薰) 화가 : 1941년 대구 출생. 1963년 서울대학교 미술대학 B.A 1980년 캘리포니아 주립대학교 로스앤젤레스 석사, 1982년 캘리포니아 주립대학교, 롱비치, 석사. 미국 로스앤젤레스 거주.
2021년 제33회 이중섭 미술상 수상. 조선일보 미술관에서 수상전.

김은호화 가

김은호(金殷鎬 1891~1979) 동양
화가 : 호는 이당(以堂) 인천 출생.
한말 조선 황실의 어진을 그린 마지
막 화가로 인물화의 천재라는 평을
받았으며, 인물화와 신선그림 등을
많이 남겼다. 작품은 신선도.

권순자 시 인

권순자 (權順慈) 시인 : 경주 출생.
1986년 『포항문학』에 '사루비아'
외 2편으로 작품 활동 시작.
2003년 <심상> 신인상 수상.
시집으로 <우목 횟집>, <검은 늪
>, <낭만적인 악수>, <붉은 꽃에 대
한 명상>, <순례자>, <천개의 눈물>,
<Mother's Dawn>(<검은 늪> 영역
시집) 이 있음.

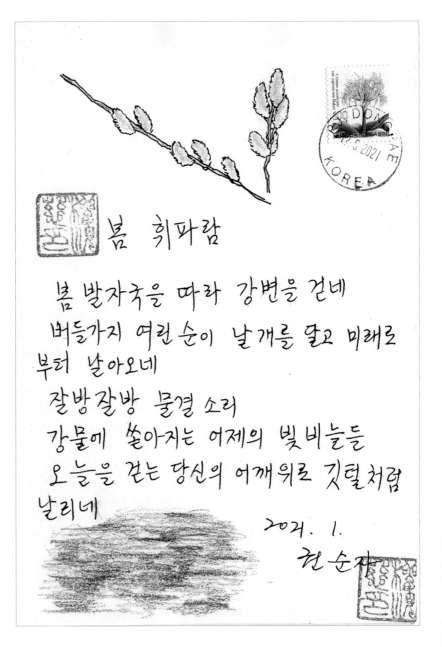

봄 휘파람

봄 발자국을 따라 강변을 걷네
버들가지 여린 순이 날개를 달고 미래로
부터 날아오네
잘방잘방 물결 소리
강물에 쏟아지는 어제의 빛 비늘들
오늘을 걷는 당신의 어깨위로 깃털처럼
날리네

2021. 1.
권순자

동치미

겨울밤, 달빛이 깊다
항아리엔 조각난 달들이 둥둥 떠 있다
달처럼 환한 동치미 한 사발
아삭아삭 씹히는 겨울밤 이야기
어스름한 달도 목이 마른지
지상에 내려와 국물 마시고 간다
아삭아삭 동치미 무를 씹으며 간다

2021년 1월

천순자

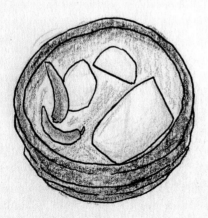

권오미 화 가

권오미 화가 : 경희대학교 대학원 문화예술경영을 전공한 석사출신 서양화가로 대한민국미술대전에서 특선과 입선을 하였다.
2019년과 2020년에는 프랑스 루브르 박물관 까루젤관에서 열리는 아트샵핑에 참가하였으며 2020년에는 프랑스에서 개인전을 가져 프랑스 인들의 관심을 받기도 하였다.
현재는 오미갤러리를 운영하며 작품 활동에 전념하고 있다.

권현수 시 인

권현수 시인 : 진주사범학교, 건국
대학교 교육대학원 졸업. Hawaii
Pacific University 2년 수학.
2003년 『불교문예』 신인상으로 등
단. 시집으로 <칼라차크라>, <고비
사막 은하수>, <시간을 너머 여기가
거기> 등이 있고, 영축문학상 수상.
현재 한국시인협회 회원, 시아카데
미, 현대선시 동인.

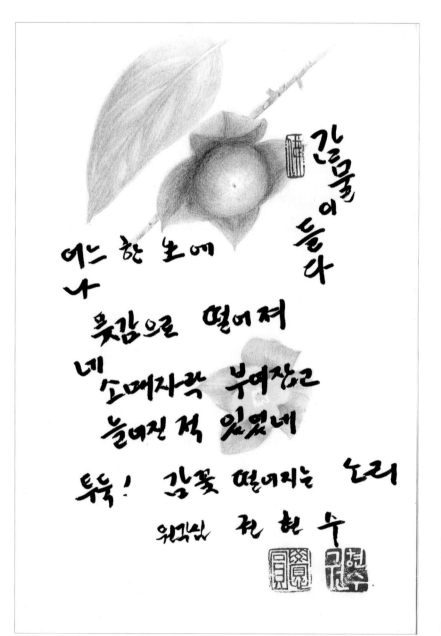

어느 한 보에

눈

뭇감으로 떨어져

네

소매자락 부여잡고

늘어진 적 있었네

뚝! 감꽃 떨어지는 소리

위곡없 권 현 수

시인의 겹살

야반삼경에 시인은
견츨소를 타고 사막을 건너며
은하수를 나르는
꿈을 꾸네

시간의 수레바퀴는
여기가 거기 라는데

위작실 권 현 수

김가배 시인

김가배(金可培) 시인 : 충남 공주에서 출생하였으며, 『문예사조』를 통해 시인으로 등단했다.
시집으로 <바람의 書>, <나의 미학 2>, <섬에서의 통신>, <풍경속의 풍경> 외 5권. 한국현대시인협회 이사, 수주문학제 운영위원, 부천신인문학상 운영위원, '소나무 푸른 도서관' 관장으로 재직 중이며, 문예사조 문학상, 세계시인상 본상, 『오늘의 신문』 문화부문상을 수상했다.

봄날의 화학반응

김가배

창밖엔. 벚꽃 환하고
하늘 가득 퍼지는 뻐꾸기 울초

이 화창한 봄날 아이는
실험용 플라스코를 들고
연구실로 향한다
이 환한 봄 날을 실험실에서
보내려나 보다

그리운 사람들에게 붙이려던 엽서들을
접어 서랍속에 다시 넣어둔다

젊음. 열정. 그립다. 사랑한다.
미안하다. 보고싶다.
전 하지 못했던 이런 말들을
저 플라스코에 담아 흔들면
무슨 빛깔이 될까

바람부는 창밖
꽃지는 모습되 서늘하다

김경수 시 인

김경수 시인·문학평론가 : (金京秀)
『해변문학』詩作 활동.
시집: <기수역의 탈선> 외 8권
평론집: <상상의 결이 청바지를 입
다> 외
수상: 한국문협작가상 외.
현재 계간 종합지 『착각의 시학』
발행인

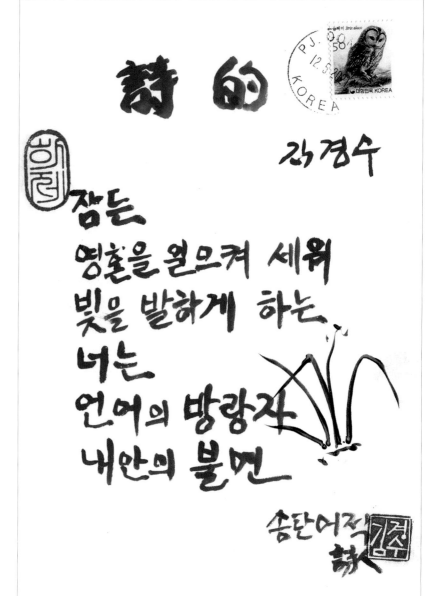

詩 的

김경수

잠든
영혼을 일으켜 세워
빛을 발하게 하는
너는
언어의 방랑자
내안의 불면

송탄어적 詩

자운영 꽃

강경수

내 생일은
홍자색이 물드는
사월이다

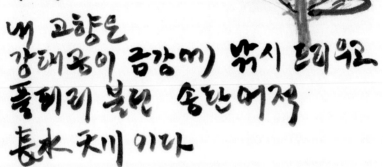

내 고향은
강태공이 금강(에) 낚시 드리우고
풍데리 북변 송탄어적
長水 天川 이다

학교를 마치고 집으로 가는길
흐드러진 자운영 꽃 등벽에 누워
도시를 향하던 열세 살 소년
하늘에 눈물 그림
하얗게 그렸다.

김경옥 조각가

김경옥(金炅玉) 조각가·화가 : 홍익 대학교 미술대학 조소과 졸업. 성신 여자대학교 대학원 졸업. 개인전 16 회, 아세아 현대미술초대전(동경), 대한민국 미술대전 심사위원 및 운 영위원 역임, 서울시 미술 장식품 심 사위원 및 단원미술제 심사위원 역 임. 목원대, 경희대, 동덕여대, 서울 예전, 홍익대 강사 역임, 서울시 초대 작가.
한국구상조각회 운영위원, 춘천 MBC 현대조각전 상임위원 역임.

어느 시인의 눈송이

김교희 시 인

김교희 시인 : 경북 의성 출생.
2004년 계간 『포스트 모던』시 부
문 등단. 경북작품상 수상(2018),
한국문협 이사장 표창장(2020). 한
국문인협회, 경상북도 여성문학회
회원, 한국현대 시인협회 정책위원,
경북문인협회 편집위원, 국제펜 한
국본부 대구지구위원회 정보차장,
한국문협문화선양위원회 사무국장,
의성문인협회 부회장 역임.

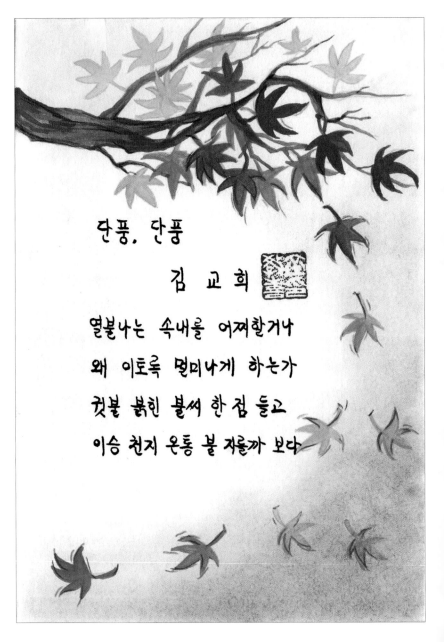

단풍, 단풍

김 교 희

열불나는 속내를 어쩌할거나
왜 이토록 멀미나게 하는가
귓불 붉힌 불씨 한 점 들고
이승 천지 온통 불 지를까 보다

와온에서

김 교 희

우리 서로
앞서거니 뒤서거니
물길따라 거슬러 오르면
어느 별에 닿으랴만

붉게 달아오른 가슴으로
하늘 실개천 건너가면
네 이름 피맷히게 부르며
숨결도 쉬고
목숨도 엮고.

김남조 시 인

김남조(金南祚) 시인 : 1927년 경
북 대구에서 출생. 1951년 서울대학
교 사범대학 국문과를 졸업하고 고
교 교사, 대학 강사 등을 거쳐 숙명
여자대학교 교수(1955~93년) 역
임, 현재 명예교수. <연합신문>, <서
울대 시보> 등에 작품을 발표했으
며, 1953년 시집 <목숨>을 간행. 이
후 16권의 시집과 <김남조 시전집
>(서문당), 그리고 <여럿이서 혼자
서>(서문당) 등 12권의 수상집 및
콩트집 <아름다운 사람들> 과 <윤
동주 연구> 등 몇 편의 논문과 편저
가 있음.
한국시인협회, 한국여성문학인회 회
장을 지냈으며, 1990년 예술원 회
원, 1991년 서강대학교에서 명예문
학박사 학위를 받음. 한국시인협회
상, 서울시문화상, 대한민국문화예
술상, 12차 서울세계시인대회 계관
시인, 3·1문화상, 예술원상, 일본지
구문학상, 영랑문학상, 만해대상 등
을 수상했으며, 국민훈장 모란장과
은관문화훈장을 받음.

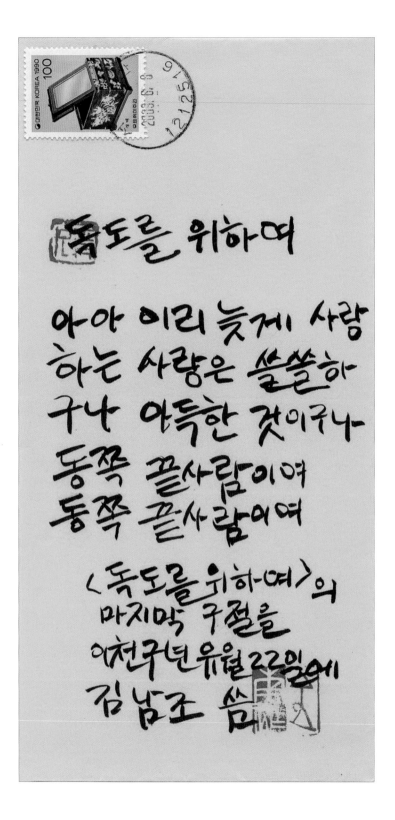

독도를 위하여

아아 이리 늦게 사랑
하는 사람은 쓸쓸하
구나 아득한 것이구나
동쪽 끝사람이여
동쪽 끝사람이여

<독도를 위하여>의
마지막 구절을
이천구년 유월 22일에
김남조 씀

광막한 우주안의
풀씨처럼 작은 별
에서 만난 연분들
이여

아파서 펄럭거리는
종이 깃발같은 사랑
이여

이천구년
김남조

김동기 시 인

김동기(金東基) : 수필가, 강서문단 편집위원장. 한서고 국어교사, 곰달래도서관 운영위원장
강서 어린이청소년 글짓기대회 심사위원장, 길꽃 어린이도서관 운영위원, 서울 교원문학회 편집위원, 한국크리스천문학가협회 회원, 한국교육과정평가원 학업성취도평가 채점위원. 15기 민주평화통일 자문위원. 21환경교육중앙회 교육위원.
<문학> 교과서 저자
<선생님 시 읽어 주세요> 필자
<꿈꾸는 미래 진로독서> 공저
<연예인 Black 심리학 에세이> 감수
신소설 <혈의 누 모란봉> 해설

땅집

여기 거꾸로 고개숙인 고요한 집
땅은 위에서 아래로 내려다 보지만
하늘은 아래에서 위로 올려다 본다
세상은 음보다 양이 강하다고 하지만
땅집은 음이 양보다 강함을 보여준다
땅이 곧 하늘이며
하늘이 곧 땅이다

김동기
2021

봄을 바라다

주여!
혹독한 추위를 이겨낸 봄의 새순처럼
코로나 환경에서 힘겨워하는 아이들에게
숨겨진 잠재력을 일깨워
가슴에 품은
큰 꿈을 이루게 하소서

김종기
2021

김명상 화가

김명상 화가 : 호 경림(景林)

화가 김명상은 수채화 작가로 프랑스에서 미술공부를 하였고 한국에서 개인전과 그룹전에 다수 참여하였다. 프랑스 루브르 까루젤관에서 열리는 프랑스의 세계적인 미술행사 아트샵핑에 매년 참여하였으며, 특히 2019년에는 손자 권이준 한국화가 김석기와 함께 3인전을 열어 프랑스 인들로부터 찬사를 받았다. 대전광역시 미술대전, 형상전, 대한민국여성미술대전, 보문미술대전 등에서 수상하였다. 현재는 화가시인으로 활동 중이다.

2021 相

김명섭 시 인

김명섭 시인 :
서울신문 신춘문예 당선(1985년),
파주시 시민상 수상, 내무부 장관상
수상, 강서문학상 수상, 김우종 문학
상 수상
한국문인협회 상벌제도위원, 한국시
조시인협회 이사, 총무간사 역임, 서
울 강서문인협회 회장 역임, 창작산
맥문학회 회장 역임, 현대작가 주간
시집: <임바라기>, <서울에도 돼지
를 풀어놓자>
수필집: <임바라기로 서서>, <종로
물장수>
<김명섭 글짓기>, <김시인 글짓기>
외 2권 등

씽크대 경첩 다시 달기
김 명 섭
· · · · ·

좌우 양보 없는 눈치에

가까우연 가까울수록

삐걱대던 간섭

5 밀리비터 여유두고

떨어어서 살자

정자로 선 가로등
김 명섭

까만세상 위에
점자로 저적힌 불빛

눈을 뜨고도 보지 못해
헤메는 사람위해

위인전 글자로 서서
발걸음을 밝힌다

김 명 아 시인

김명아 시인 : 2009년 『시와 산문』으로 등단. 제3회 한국녹색문학상 수상.
시집으로 <붉은 악보>, <물 속의 잠> 등이 있고, 한국시인협회, 시와 산문 문학회, 한국기독교문학회, 광화문 시인회 회원.

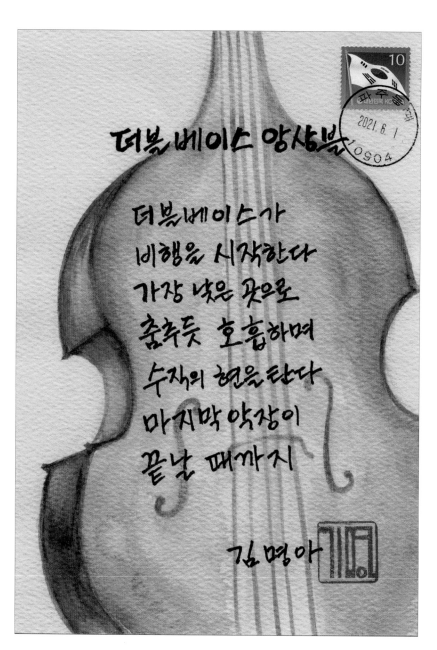

더블베이스 앙상블

더블베이스가
비행을 시작한다
가장 낮은 곳으로
춤추듯 호흡하며
수직의 현을 탄다
마지막 악장이
끝날 때까지

김명아

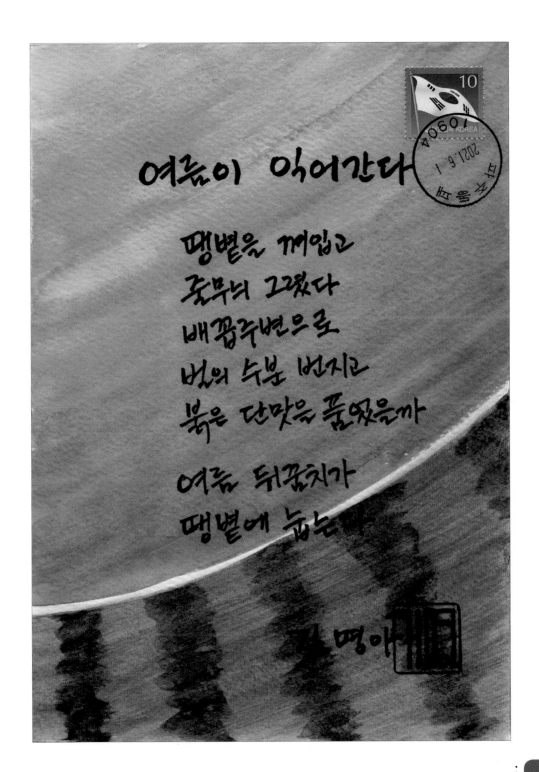

여름이 익어간다

땡볕을 껴입고
춤무늬 그렸다
배꼽주변으로
벌의 수분 번지고
붉은 단맛을 품었을까

여름 뒤꿈치가
땡볕에 눕는다

명아

김석기_{화 가}

김석기(金奭基) 화가 : 호 우송(雨松, W.S Kim)
경희대학교 미술대학 및 대학원에서 한국화를 전공하였다.
프랑스에서 10년간 작품 활동을 하여 프랑스 각종 국립살롱전, 비엔나레 아트살롱전 등에 참가하였다. 특히 2016년에는 프랑스 몽테송아트살롱전에서 외국인으로는 최초 초대작가로 선정되어 프랑스에서 화제의 작가가 되었다.
개인전, 44회 공모 초대 기타전 500여 회에 참여하였으며 현재 아트노믹스 갤러리K의 제휴작가로 활동 중이다.
현재 한국미술협회원, 동양수묵연구원장,

김선아 시인

김선아(金善雅) 시인 : 충남 논산 출생
2011년 『문학청춘』신인상으로 등단
시집 : <얼룩이라는 무늬>
수상 : 김명배 문학상

북두칠성

　　　　김선아

동트기 전에 파해 버린

맥도날드 뒷골목 인력시장

입맛만 다신

며칠째 헛물만 켠

시린 등

가만히 다독이는

어묵 한 국자

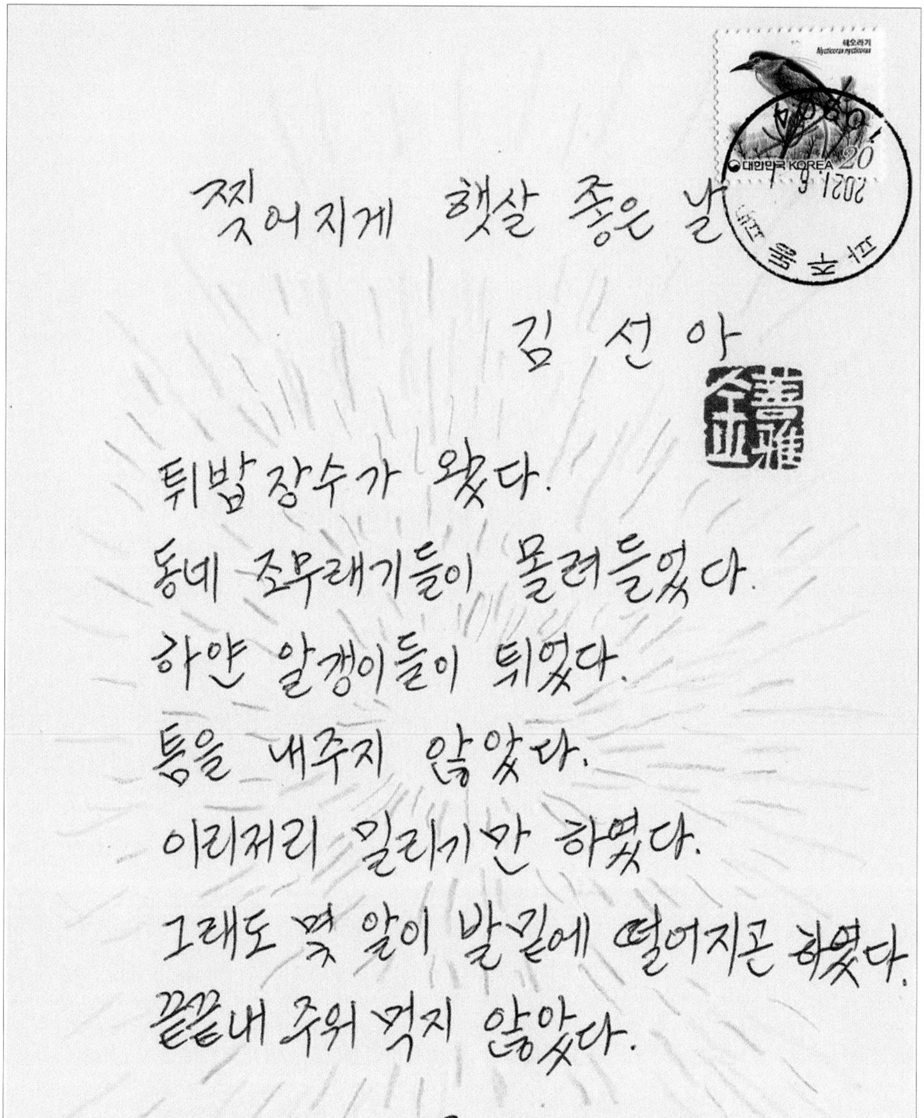

젖어지게 햇살 좋은 날

김 선 아

튀밥 장수가 왔다.
동네 조무래기들이 몰려들었다.
하얀 알갱이들이 튀었다.
틈을 내주지 않았다.
이리저리 밀리기만 하였다.
그래도 몇 알이 발밑에 떨어지곤 하였다.
끝끝내 주워 먹지 않았다.

엄마 치마꼬리를 붙잡고 울었다.

김선주 시인

김선주 시인·문학평론가 : 서울에서
출생하여, 건국대학교 국어국문학과
를 졸업하고 같은 대학원에서 석사
학위 취득 및 박사과정을 수료했다.
이후 호서대학교 대학원에서 문화콘
텐츠학 박사학위를 취득했다. 현재
건국대학교와 경동대학교, 신한대학
교에서 겸임교수와 외래교수로 재직
하고 있다. 1996년 월간 『행복 찾
기』에 콩트를 쓰면서 작품 활동을
시작했다. 계간 『서울문학인』에서
시 부문, 계간 『문학과 의식』에서
평론 부문의 상을 받았고, 요즘은 주
로 비평적 글쓰기에 주력하고 있다.

새벽 하늘에 별들이 반짝이고 있다.
허공을 바라보는 강아지 눈에 별 하나
들어 있다. 누군가 그랬다. 우리가 사는
세상은 우연의 결합이라고.

〈12월에 만난 사랑〉 김선주
에세이 중에서. 2021

사라진 목도리 (에세이)

그녀의 겨울은 '사랑이라는 이름' 앞에서 어이없이 무너졌다. 더 이상 혼란스러운 머리로 엄마와 아들의 관계를 견고히 할수 없을 듯하다. 그토록 따뜻한 겨울을 원했건만 이제는 소용없게 되었다. 새로운 겨울은 저만치 간극을 두고 찬바람만 몰아치고 있다.

김선주
2021

김선희 시인

김선희 시인 : 영남대 졸업, 공예 전공
문예운동 시 등단, 가톨릭문인협회 회원
월간 리빙센트 작가

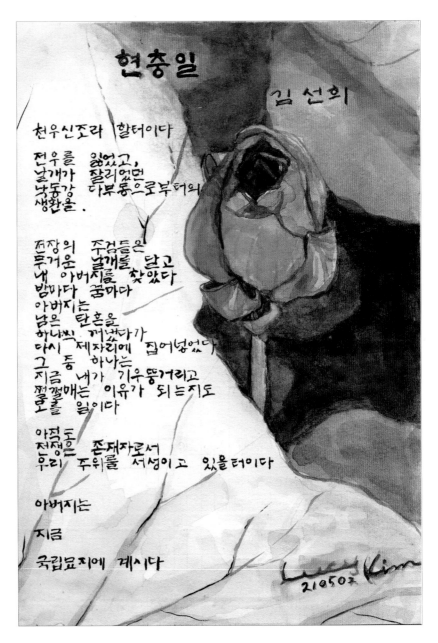

현충일

김 선희

천우신조라 |할터이다

전우를 잃었고,
날개가 잘리었으면
낙동강 다부동으로부터의
생환을.

전장의 주검들은
무거운 날개를 달고
내 아버지를 찾았다
밤마다 꿈마다
아버지는
남은 탄흔을
하나씩 꺼냈다가
다시 제자리에 집어넣었다
그 중 하나는
지금 내가 기우뚱거리고
쩔쩔매는 이유가 되는지도
모를 일이다

아직도
전쟁의 존재자로서
우리 주위를 서성이고 있을터이다

아버지는

지금

국립묘지에 계시다

꽃

김선회

난기류 만난 비행기 날개짓 같은
야단난 가게 오프닝 행사장의 같은 인형
지난해 초겨울
그 기다란 두 팔이 떠오른다

초대형 촛추는 인형의 바람몰이로
하나도 남김없이 흩어져버린 잎새들도
구경꾼 사이에 휘둘려 다녔다
무슨 할말이라도 남은 듯...

거친 세월을 아랑곳하지 않고
봄인 듯 만개해
집과 가족과 토지를
잃어버린 채
오늘 또 내일
갈 곳 없이
떠돌아도
- 그들 처소를
마련하러 떠나신 분
그 분 말씀만
믿고 따랐다

그 분을 위해
이웃을 사랑했다

키 작은
꽃 한송이 환희로
오늘 길모통이에
다시 피어난
순교자여
꽃이여

Kim 2105○2

김세종화가

김세종(金世鍾 1930~2000) 화가: 강원도 양양 출생. 서울대 문리과대학 불문과를 졸업하고 한때 연합신문 문화부에 근무했으나 그의 뛰어난 붓 솜씨는 그를 40여 년 동안 신문 소설 삽화에 전념케 하였으며, 한용운 시인의 시화를 그리는 등 많은 시화를 남기기도 했다.

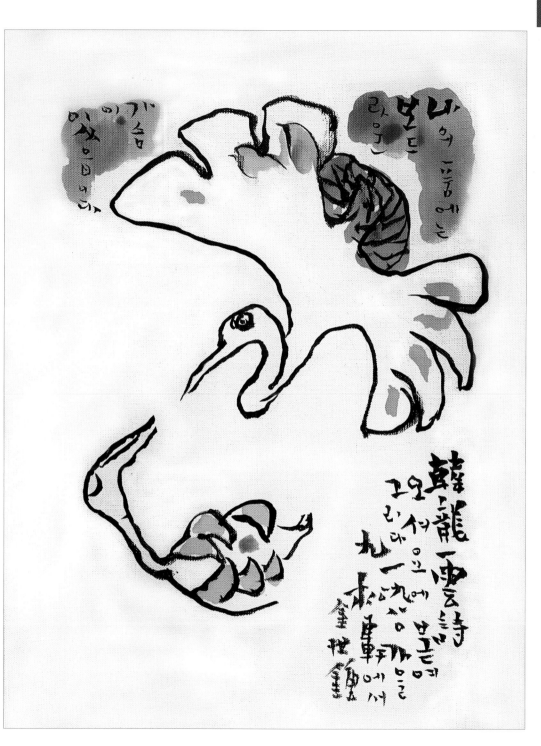

김세중 조각가

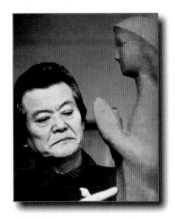

김세중 (金世中 1928~1986) : 조각가 경기도 안성 출생. 1950년 서울대학교 미술대학 조소과(제1회), 1953 동 대학원 졸업. 1961년 이후 국전 심사위원, 운영위원 역임. 광화문 <충무공 이순신 장군상> (1968), 파고다공원 <3.1운동 기념부조>, <유엔탑>, 영릉의 <세종대왕 동상>, <유관순 동상>, 절두산 <순교기념상> 등 수 많은 동상과 부조물 건립. 서울대학교 미술대학 학장과 국립현대미술관장을 역임. 대한민국 문화훈장 은관 추서. 서문당에서는 10주기를 기려 기념 도록을 발행. 작품은 광화문 충무공 이순신 장군 건립시의 20분의 1 크기의 작품.

김 세 환 _{화 가}

김세환 (金世煥 1930~?) 화가 : 남원 출생. 1957년 서울대학교 미술대학 회화과 졸업. 농촌진흥청 홍보과 미술실장, 서울대학교 농과대학, 전주대학, 동국대학 한양대학 등에서 강사 교수 역임.

ㄱ

김승옥 _{소설가}

김승옥 소설가 : 1941년 일본에서
출생. 1962년 소설 <생명연습>으로
등단. 2012년 대한민국 예술원상,
1968년 대종상 각본상 수상. 세종
대학교 겸임 교수 역임.
이 작품은 1965년 1월 9일, 명동의
한 주점에서 전혜린(1934~1965)
이호철(1934~2020)과 작가가 밤
10시까지 술을 마시고 헤어진 뒤,
초동의 이호철의 하숙집에서 작가가
그린 소설가 이호철의 초상으로 이
시각에 집으로 돌아간 전혜린은 수
면제 과다 복용(?)으로 타계했다. 이
처연한 그림이 우연이 아니었다고들
했다.

김지하 시 인

김지하 (金芝河) 시인 : 본명 영일
(英一), 1941년 전남 목포 출생.
1966년 서울대학교 문리과대학 미
학과 졸업. 1969년 시 '황토길'로
등단 2006년 만해대상, 2011년 민
세상 수상. 동국대학교 석좌 교수.
시집으로 첫시집 <황토> 이후 <타
는 목마름으로>. <검은 산 하얀 산
>, <오적> 등 여러 권이 있다.
이 작품은 1973년 12월 24일 백기
완 장준하 등 재야인사들을 중심으
로 개헌 청원서명지지 선언을 한 후,
1974년 1월 이희승 등 문인 61명의
개헌서명 지지선언, 대회를 마친 직
후, 서울 중부경찰서에 연행되었을
때, 신문지 여백에 그린 소설가 이호
철(1934~2020)의 초상.

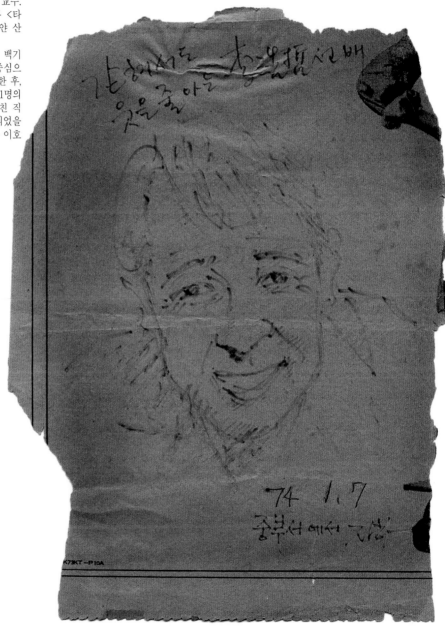

김지향 _{시 인}

김지향(金芝鄕) 시인 : 경남 양산에서 성장했으며, 홍익대 국문과와 단국대 대학원 문학박사를 거쳐 서울여자대학 대학원에서 문학박사 학위를 받았다. 한양여자대학 문예창작과 교수, 한국여성문학인회 회장, 한국크리스천문학가협회 회장 등을 역임했다. 1954년 <태극신보>에 '시인 R에게'와 '조락의 계절' 등을 발표하고 1956년 첫 시집 <병실>을 발간했으며 1957년 시 '산장에서'를 <문예신보>에, 시 '별'을 <세계일보> 등에 발표하면서 활동을 시작했다. 첫 시집 <병실> 등 24권의 창

작시집이 있으며 기타 <김지향 시전집(20권 합본)>, 대역시집으로 <A Hut in a Grove(숲속의 오두막집)>와 에세이 집 <내가 떠나보낸 것들은 모두 아름답다> 등 6권과 시론집 <한국현대여성 시인연구> 등이 있다. 제1회 시문학상, 대한민국 문학상, 한국크리스천문학상, 세계시인상, 제1회 박인환문학상, 윤동주문학상 등 문학상을 수상. 국제펜클럽한국본부 자문위원, 한국시인협회자문위원 역임, 계간 <한국크리스천문학> 발행인 겸 주간 등 역임.

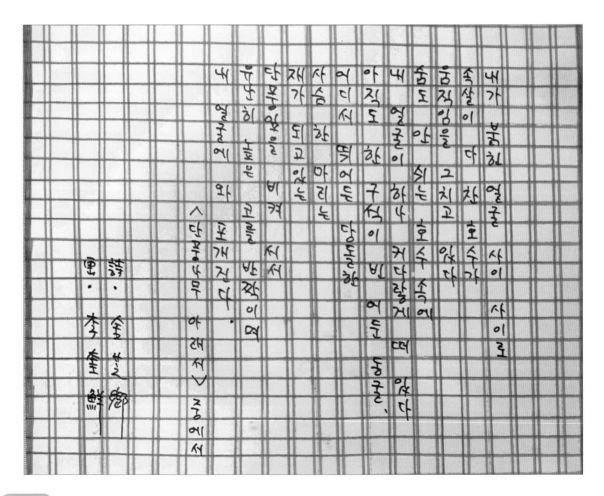

내가 불한 얼굴
속살이다 그 창호 사이로
숨죽임을 다 그치고
내 얼굴이 숨는
아직도 한 떨어든 구석이
가슴도 씻어 구석이 빈들한
재가 되고 있는 비켜서서
담무리 와 고를 반짝이며
무거히 늘 아로 포개진다.
나일래의

<담무나무 아래서>
중에서

詩 · 金 芝 鄕
畵 · 李 森 鄕

이규선_{화 가}

이규선(李奎鮮 1938~2014) 화가 : 인천 태생으로 1961년 서울대학교 회화과를 졸업, 국전에서 특선과 추천작가 상을 받았고, 20세기 한국화의 추상적 흐름을 선도했다는 평가를 받았으며, 이화여자대학교 교수로 재직, 중앙미술대전 심사위원, 국립현대미술관 자문위원 등을 역임했다.

김시림 시 인

김시림(金詩林) 시인 : 동국대학교 문화예술대학원 졸업. <불교문예>로 등단 시집 <물갈퀴가 돋아난> 외 3 권. 심호 이동주 문학상 수상. 계간 <불교문예> 편집장.

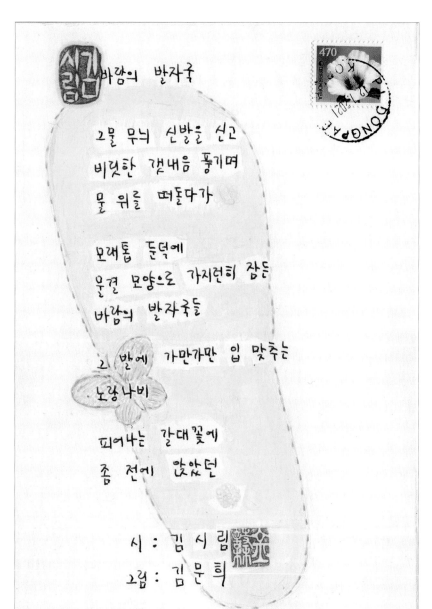

바람의 발자죽

그물 무늬 신발을 신고
비릿한 갯내음 풍기며
물 위를 떠돌다가

모래톱 둔덕에
물결 모양으로 가지런히 잠든
바람의 발자죽들

그 발에 가만가만 입 맞추는
노랑나비

피어나는 갈대꽃에
좀 전에 앉았던

시 : 김시림
그림 : 김문희

첫 눈

주머니 속

전달하지 못한

편지가

꾸깃꾸깃 해지다 못해

가루가 되었다던

오래전 그

첫사랑이

기어이 울고 말았습니다

시 : 김 서 림

그림 : 김 문 희

김애란 시 인

김애란(金愛蘭) 시인 : 충남 홍성 출생. <월간See> 추천 시인상 당선. <여행문화> 여행작가 수필가. 황진이 문학상 최우수상 당선. 시집 <하늘빛 닮은 원석으로>와 전자시집 <새들처럼 노래하다>가 있음.

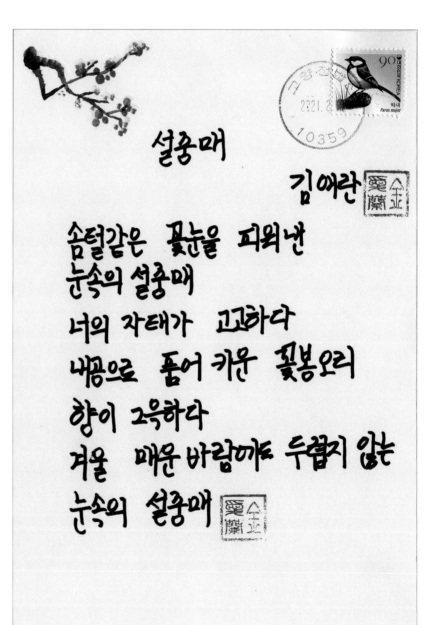

설중매

김애란

솜털같은 꽃눈을 피워낸
눈속의 설중매
너의 자태가 고고하다
내꿈으로 품어 카운 꽃봉오리
향이 그윽하다
겨울 매운 바람에도 두렵지 않는
눈속의 설중매

별

김애란

별하나
가만히 오래보니
별이 자꾸만 늘어난다
한참 보니
내 마음에도 별이 하나 보인다
밤하늘의 별처럼
누군가의 마음을 지켜보고
말없이 바라다보니
마음별도 초록빛이다

김양숙 시 인

김양숙(金良淑) 시인 : 1952년 제
주도에서 출생. 1990년 <문학과 의
식>으로 등단. 방송통신대를 마쳤
고, 2009년 한국시인상 수상, 2017
년 시와 산문 작품상 수상. 시집으
로 <지금 뼈를 세우는 중이다>와 <
기둥서방 길들이기>가 있다.

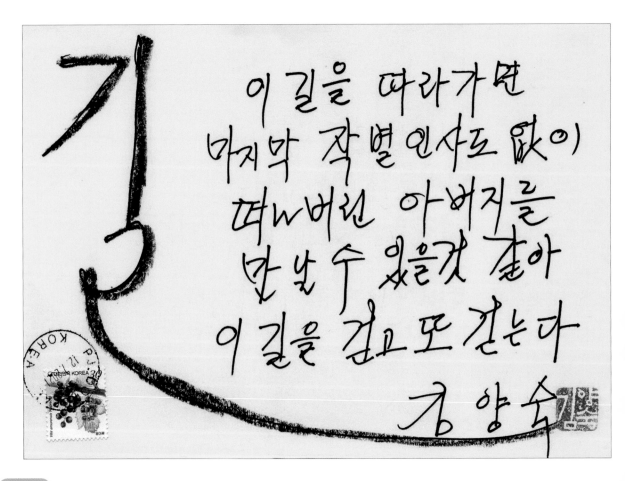

이 길을 따라가면
마지막 작별인사도 없이
떠나버린 아버지를
만날 수 있을것 같아
이 길을 걷고 또 걷는다

김 양 숙

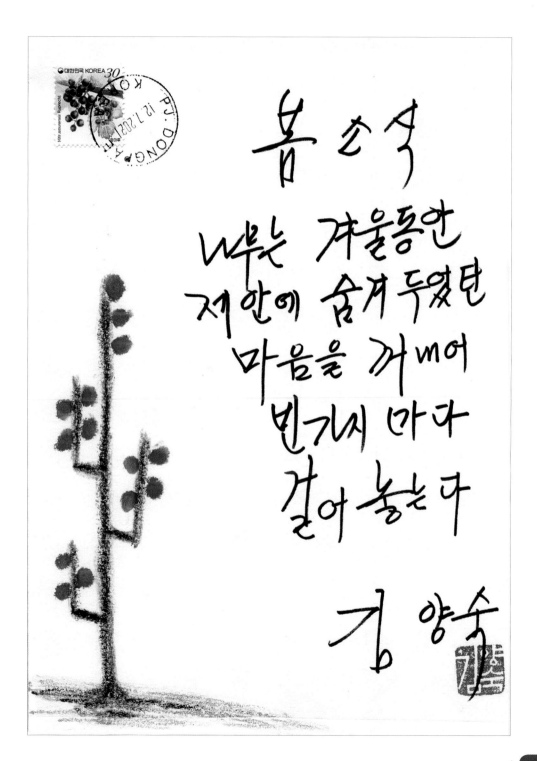

김연주 _{수필가}

김연주 수필가 : 1999년 『시와 산문』으로 수필 등단. 2017년 『소년문학』으로 동시 등단. 2007년 제4회 작촌신인문학상, 2009년 제8회 녹색수필상을 받음. 산문집 <마음밭에도 풀꽃을 심어>, 수필집 <세월이 바람처럼 흘렀다>와 동시집 <작은 꽃별들>, <세상에서 제일 큰 꽃밭> 등이 있다.

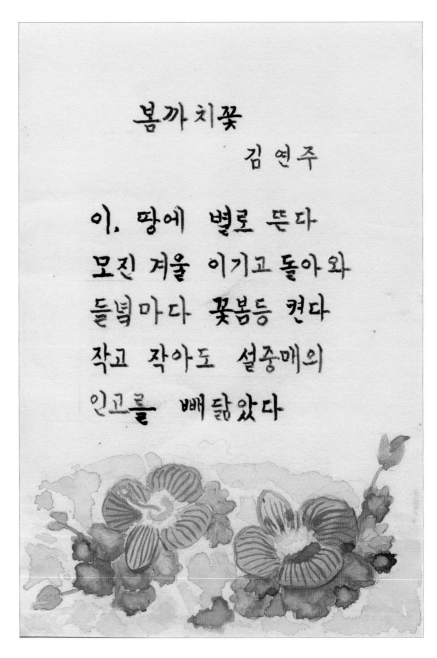

봄까치꽃

　　　　김 연주

이, 땅에 별로 뜬다
모진 겨울 이기고 돌아와
들녘마다 꽃봄등 켠다
작고 작아도 설중매의
인고를 빼닮았다

갈대숲이 익는다

김 연주

햇살 성긴 갈대밭
출렁이는 바닷물
바다를 쪼며 차오르는
철새들의 춤사위
늦가을 석양빛에
갈숲 익어가고
우리 따라 그 길을 간다

김영자 시 인

김영자(金榮子) 시인 : 1997년 『문학과 의식』으로 등단. 시집 <양파의 날개>, <낙타 뼈에 뜬 달>, <전어 비늘 속의 잠> 등. 서울 시인상, 한국 시인상 수상. 황조근조훈장. 한국문인협회 회원. 한국시인협회 회원. 시와 산문문학회 회장 역임. 선운산문학회 회장. 광화문시 동인.

타트라 산맥에 뜨는 별

김 영 자

내 몸속에서 별 뜨는 소리 들려
몸속에서 물 우는 소리가 나

별들이 한 국먹씩 뜨는
타트라 산맥 창문 밖

숲의 몸에도 별이 뜨고
물 우는 소리 들리는지 귀를 대어 본다

시를 쓰는 일

김영자

사이와 사이
그 사이를 왕래하며
따스한 몸을 섞는 일

그리고 창문을 여는 일

김영희 시 인

김영희 시인 : 2014 계간 『문학의
식』 등단
한국문인협회 회원
원주문인협회 회원
원주시 문화관광해설사
시집 <양파의 완성>, <여름나기를
기다리는 동안> 외

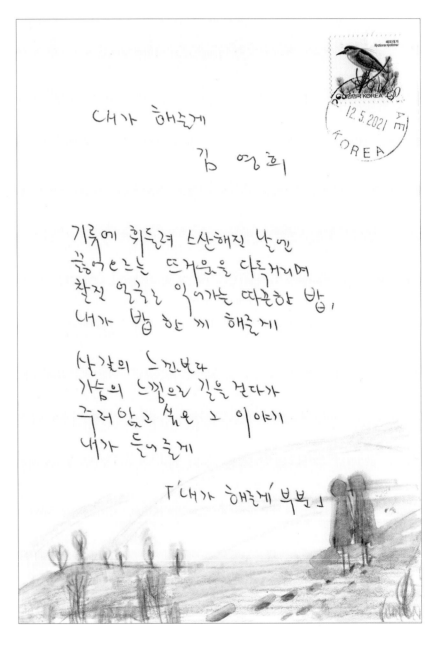

내가 해줄게

　　　김 영희

기록에 휘둘려 스산해진 날엔
끓어오르는 뜨거움을 다독거리며
찰진 역할로 익어가는 따끈한 밥,
내가 밥 한 끼 해줄게

산길의 느낌보다
가슴의 느낌으로 길을 걷다가
주저앉고 싶은 그 이야기
내가 들어줄게

　　　　　「내가 해줄게 부분」

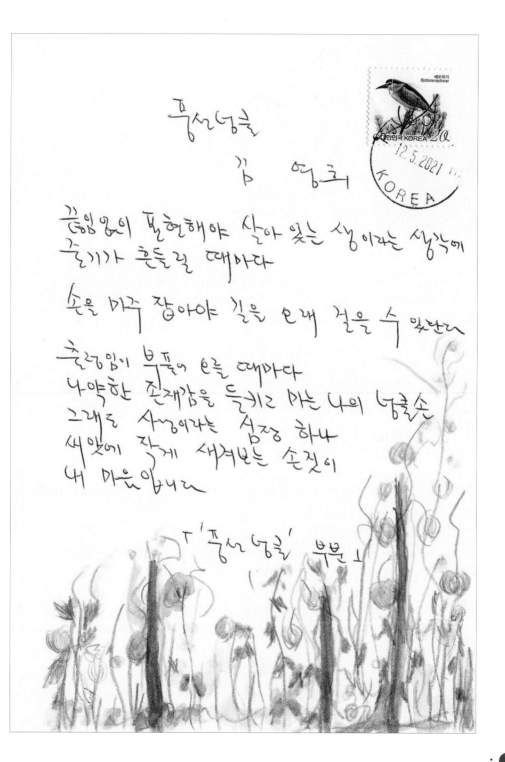

풍선넝쿨

김 영희

끊임없이 표현해야 살아 있는 삶이라는 생각에
줄기가 흔들릴 때마다

손을 마주 잡아야 길을 오래 걸을 수 있단다

초록잎이 부풀어 오를 때마다
나약한 존재감을 들키고 마는 나의 넝쿨손
그래도 사랑이라는 심장 하나
씨앗에 작게 새겨보는 손짓이
내 마음입니다

「'풍선넝쿨' 부분」

김옥전 시인

김옥전 시인 :
동덕여대 대학원 문창과 수료
2004년 『시와시학』 가을문예로
 '시' 등단
2014년 경북일보 문예대전 [시]부
문 동상
2014년 시와미학으로 [평론] 등단

한국작가회의 회원
한국작가회의 고양지부 회원
곁길 동인

이명증

내 귀속 암자에서
세상번뇌 모두 버린
스님 한 분
묵언정진 중입니다

김 옥전

예 감

장마가 오기 전 엄마는
고추밭에 지지대를 세웠지만
난간에 매달린 낙상주의 경고문은
심하게 기울어져 흔들리고 있었다

팔걸이에 걸린 시간이 커튼을 펼치자
아버지가 찾아와 엄마를 꾸르고
마른의 아버지를 따라가다 넘어진
일흔의 엄마,
왼쪽 갈이 저승에서 돌아오지 않는다

(하략)

김 옥전

김옥희 시 인

김옥희 시인 : 2017년 『노을강시학』신인상으로 등단. 2018 올해의 맛있는 작품상 수상. 육필 시집 <내 마음의 꽃다발> 외 9권. 국제펜 한국대구지역위원회 회원, 대구광역시 북구문인협회 회원, <노을강시학> 동인.

꽃무릇

불갑산 골골마다 핏빛이
기다림으로 물들었다

피 토하며 가슴치며
참아낸 사랑
불꽃으로 번지고 번지고

그리움으로 살아가는 사람
노을로 타 오르는 꽃무릇

도솔암 골짜기 활활 태우는
나의 심장 활활 태우는

무릇, 이쯤은 되어야 꽃이지
무릇, 이쯤은 되어야 생이지

김옥희

홍매화

강옥희

빈 도서관 뜨락
붓끝은 꽁꽁 얼었는데
홍매 허공에 불 지폈다

매서운 바람에
외로운 나뭇가지
남녘소식에 언 가슴 열어
화들짝 꽃 피웠다

붉은 꿈 봉우리
알싸한 향기 품었는지
봄바람 살랑이면 숨 막힌다

진종일 매향에 에둘리어
천지는 사랑앓이다

김온리 시 인

김온리 시인 : 부산 출생, 부산 대학교 졸업, 2016년 『문학과 의식』 등단, 시집 <나비야, 부르면>

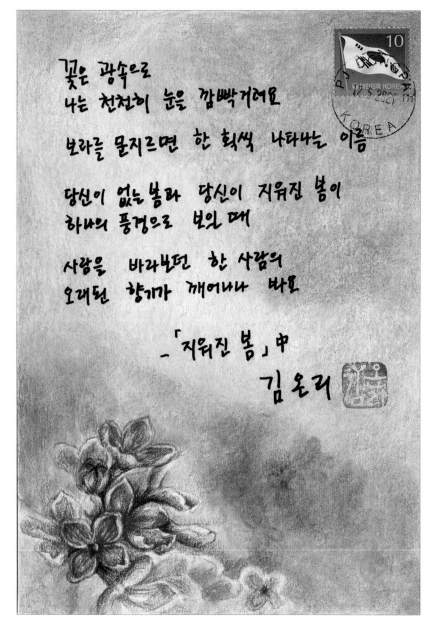

꽃은 광속으로
나는 천천히 눈을 깜빡거려요

보라를 문지르면 한 획씩 나타나는 이름

당신이 없는 봄과 당신이 지워진 봄이
하나의 풍경으로 보일 때

사랑을 바라보던 한 사람의
오래된 향기가 깨어나 바로

- 「지워진 봄」中

김온리

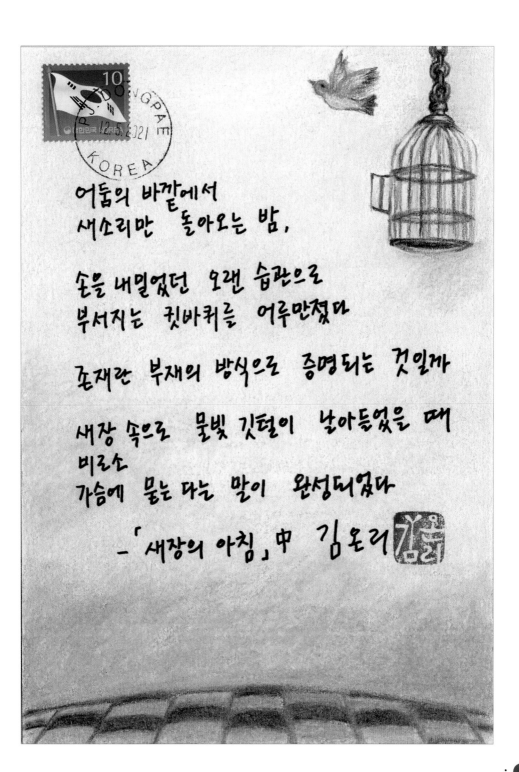

어둠의 바깥에서
새소리만 돌아오는 밤,

손을 내밀었던 오랜 습관으로
부서지는 귓바퀴를 어루만졌다

존재란 부재의 방식으로 증명되는 것일까

새장 속으로 물빛 깃털이 날아들었을 때
비로소
가슴에 묻는 다는 말이 완성되었다

         「 새장의 아침 」中 김온리

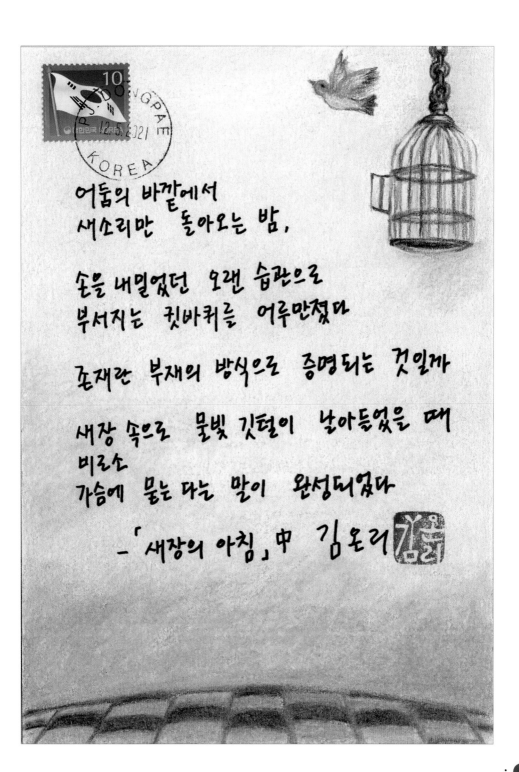

김용재 시 인

김용재(金容材) 시인 : 1944년 대
전 출생. 아호 창운(蒼云)
대전고, 충남대 영문과 및 동대학원
수학(문학박사)
대전대 영문과 교수(교무처장, 미국
usc 객원교수, 문과대학장, 대학원
장) 역임
월간 『시문학』으로 시인 데뷔
(1974~75)
시집 <겨울산책> 외 11권, 영문시집
The Lost Summer 외 3권, 그 외
저서(공저, 편저 포함) 40여 권
현재 3·8 민주의거기념사업회 회장,
Poetry Korea 발행인, 한국현대시
인협회 명예이사장, 국제 PEN 한국
본부 이사장

돌

속삭여

아무렇게나
모양새 이루고 살면서
사랑 하나
어디 간직할 틈이라도 있는가

밟히고 채이고
곤경의 땅에나 앉아서
말씀 하나
그저 토해볼 입이라도 있는가

땅거미 홀로 우는
들 끝에서
멍울진 땅 깊의 속내 훔쳐보며
오늘은 내가 돌이 되겠는가

저 눈부신 햇살
내 안에 담아
희망 PEN의 飛翔과
한글문학 세계도약을
널리 표방합니다
모질게, 그러나 착하게
힘껏 일 할 것입니다
적극 참여해주시고
협조 해주시길 비니다
2021. 1. 21

국제 PEN 한국본부
제36대이사장 당선자
김 용재 드림

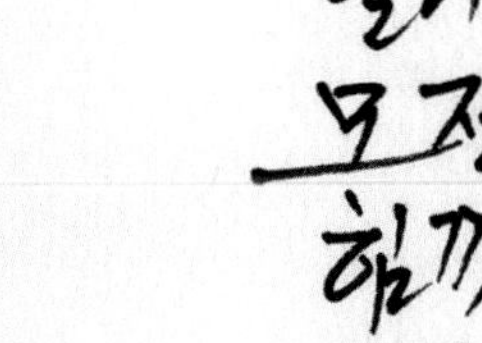

김 원 시 인

김 원 시인 : 현대시인협회 회원
국제 PEN 한국본부 회원
한국문인협회 부회장
시전집 : <빛과 사랑과 영혼의 노래
>, <물방울 꽃들은 바다로 흐른다>,
<한강>, <광화문 전설>, <농부>

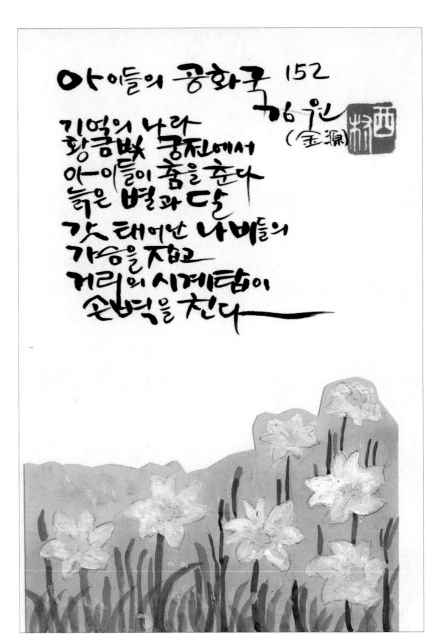

아이들의 공화국 152
김 원
(金源)

기억의 나라
황금빛 궁전에서
아이들이 춤을 춘다
늙은 별과 달은
갓 태어난 나비들의
가슴을 잡고
거리의 시계탑이
손뼉을 친다 ─

보이지 않는 따당 55

김원
(金源)

비바람이
거세게 울면
나무잎들이 웃었다
사랑채를 지키던
하얀 외투의 쓸개미도
외로운 처마끝에서
춤을 추었다

김유조 시 인

김유조 시인 :
건국 대학교 명예교수(부총장 역임),
국제펜 한국본부 부이사장, 미국소
설학회, 헤밍웨이 학회, 경맥 문학
회, 서초문인협회 등 회장 역임, 계
간 <문학의식> 공동대표, <세계한
인작가연대> 공동대표, 계간 <여행
문화> 주간, 현대시인협회 국제교류
위원장, 서초문화원 문화예술교육
위원장, 계간 <국제문예>, <미래시
학> 등 고문, 미시간 주립대-NYU
교환교수, 연변과기대 객원교수 역
임, <문학마을> 소설, <미주 시정신
> 시, <문학과 의식> 평론 등단, 장
편소설 <빈포사람들>, 소설집 <오
키나와 처녀>, <세종대왕 밀릉>, <촛
불과 DNA>, 시집 <여행자의 잠언
>, <평론집 우리시대의 성과 문학>,
<Ernest Hemingway 작품연구>,
<스타인벡, 환경론에 눈뜬 저널리스
트>, <미국문학사>, <영문학 개관>,
<영미단편의 이해>, 학술진흥 재단
우수 도서상, 헤밍웨이 문학상, 계간
문예 소설대상, 문학마을 문학상, 서
초문학 소설대상 등 수상, 학술서 및
번역서 다수

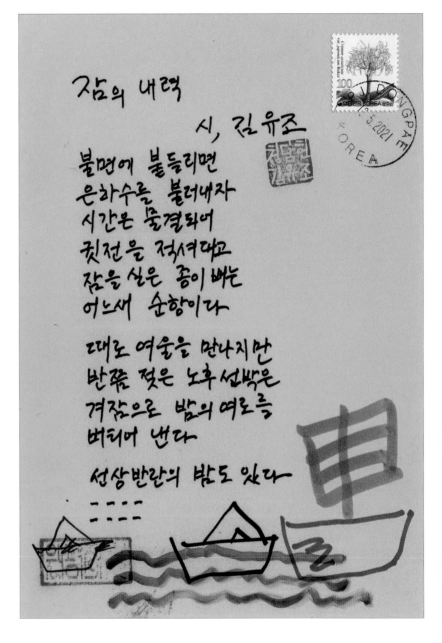

잠의 내력

시, 김유조

불면에 붙들리면
은하수를 불러내자
시간은 물결되어
첫잔을 적셔라고
잠을 실은 종이 배는
어느새 순항이다

때로 여울을 만나지만
반쯤 젖은 노후 선박은
겨잠으로 밤의 여로를
버티어 낸다

선상반란의 밤도 있다
- - - - -

버지니아 울프의 단장
시, 김유조

뉴욕 공립 도서관 개관 백주년 기념
수집 기획전에 나온
버지니아 울프의 단장
몸 던진 우즈Ouse 강 속
목숨 버리던 순간 까지 지녔라는
그녀의 타자

남성의 타자이기를 거부했건 몸짓
의식의 흐름으로 서사를 택한 그녀가
의식의 줄을 놓는 때에 이는
속박에서 풀린 단장
기획전의 투명단 속 포획물 리었으나
다시 타자의 숙명 인가
마침내 자아의 현현 인가

김윤식 화 가

김윤식(金潤湜 1933~2008) 화가
: 평남 강동군 출생. 1962년 홍익대
학교 미술대학 회화과 졸업. 개인전
11회. 강남대학 강사, 한국기독교미
술인협회 회장 역임. <서문문고 322
번 한국의 정물화 저자>.

김윤환 시 인

김윤환 시인 : 안동시 출생, 1989년 <실천문학>을 통해 등단. 단국대학교 대학원 졸업 문학박사. 시집으로 <그릇에 대한 기억>, <까띠뿌난에서 만난 예수>, <시흥, 그 염생 습지로> 등이 있다. 시흥은강교회 담임목사로 있다.

황 학 만 화 가

황학만(하중동 연가의 시화작가) : 1948년 강원도 출생. 중앙대학교 예술대학 졸업, 국내외에서 개인전 40여회. 경기미술대상, 일본현대미술가협회 작품상 수상. 경기미술대전, 나혜석미술대전 심사위원 역임.

하중동 蓮歌

사흥하중동 연꽃마을 가을밤에
달빛이 못의 뿌리가 되는것을 보았다.
어둠으로 깔린 수면위로
초롱을 밝히고 죽어도 죽지않는
심지를 보았다
햇살이 꽃등을 찌를수록
암연으로 숨구멍을 내는
꺼질듯 꺼지지 않는
빛의 뿌리를 보았다
꽃이 어둠을 켜켜이
껴안은 것을 보았다

詩. 김윤환

김율희 시 인

김율희 시인 · 동화작가 :
국제펜한국본부 편집장
등단: 1986년 『현대시학』
작품집: 시집-〈굴뚝 속으로 들어간
하마〉
동화집-
〈책도령은 왜 지옥에 갔을까?〉, 〈책
도령과 지옥의 노래하는 책〉, 〈벌레
박사 발레리나〉, 〈절대 용서 못해〉,
〈열두 살, 이루다〉, 〈도깨비 쌀과 쌀
도깨비〉, 〈거울이 없는 나라〉 외 다
수
수상: 〈한국아동문학작가상〉 〈한정
동아동문학상〉 〈문체부장관상〉 외

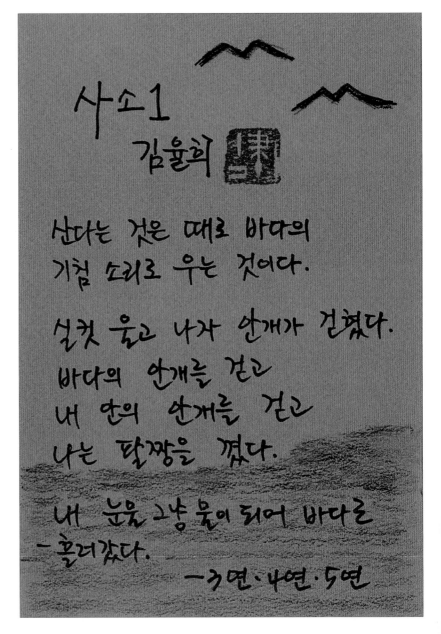

사소1
김율희

산다는 것은 때로 바다의
기침 소리로 우는 것이다.

실컷 울고 나자 안개가 걷혔다.
바다의 안개를 걷고
내 안의 안개를 걷고
나는 닻짱을 껐다.

내 눈물 그냥 물이 되어 바다로
－흘러갔다.
－3연·4연·5연

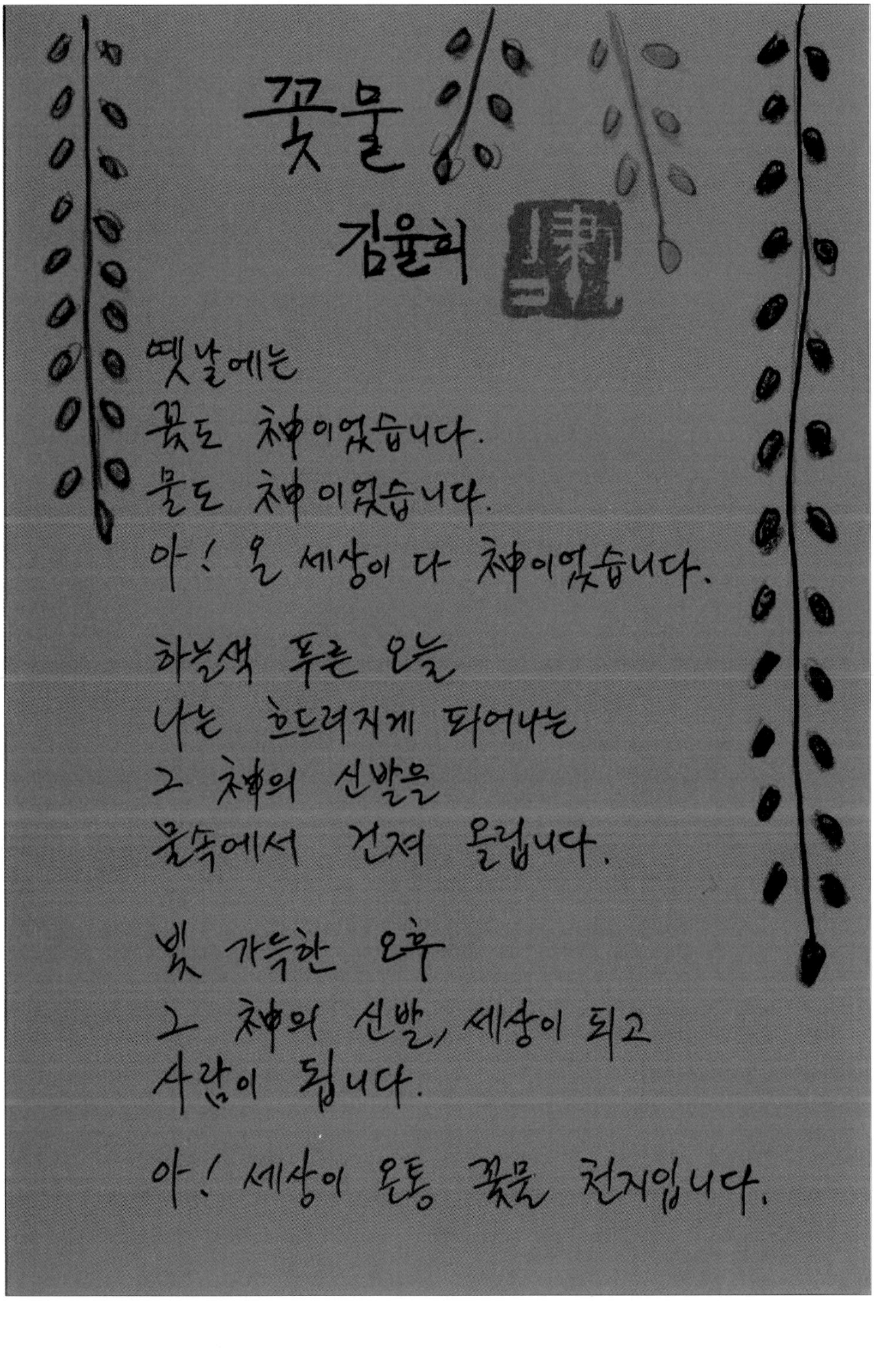

꽃물

김윤희

옛날에는
꽃도 神이었습니다.
물도 神이었습니다.
아! 온 세상이 다 神이었습니다.

하늘색 푸른 오늘
나는 흐드러지게 피어나는
그 神의 신발을
물속에서 건져 올립니다.

빛 가득한 오후
그 神의 신발, 세상이 되고
사람이 됩니다.

아! 세상이 온통 꽃물 천지입니다.

김 재 열 _{화 가}

김재열 화가 : 홍익대학교 산업 미술
대학원 교수 역임. 개인전 16회. 대
한민국 미술대전 심사위원장 및 운
영위원 역임, 한국 수채화 공모전 심
사위원 및 운영위원장 역임, 한국미
술협회 인천광역시 지회장 역임, 인
천광역시 초대작가회 이사장 역임.
한국미술협회 고문. 남인천 방송 인
천여행 스케치 23회 방영.

우리나라- 최고령플라타너스
1=111 자유공원 소재.

2021 6. Jaeyoul Ki

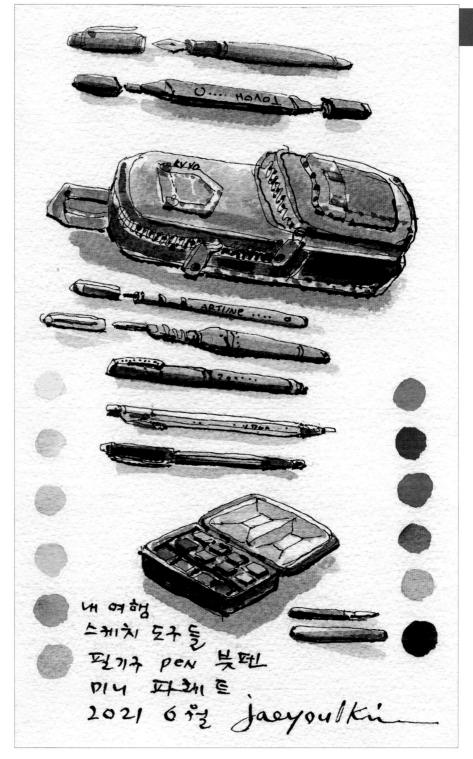

내 여행
스케치 도구들
필기구 pen 붓펜
미니 파레트
2021 6월 Jaeyoul Kim

김종태 _{화가}

김종태 시인 : 경북 김천시 출생. 1998년 『현대시학』으로 등단. 시집으로 <떠나온 것들의 밤길>, <오각의 밤>, <복화술사>(일본어 시집) 등이 있음. 청마문학연구상, 시와 표현작품상, 문학의식 작품상, 문학청춘작품상, 등 수상. 호서대학교 미디어커뮤니케이션학과 교수

벽오동의 밤 -김종태

금개구리 숨소리에 오동잎이 흔들린다
네 몸 썩은 갈은 기억 지우라치면
벽오동에 가 젖은 달빛을 피해 보라
상처 벌린 몸이 간혹 시려지거든
벽오동 아래서 밤비를 그어 보라
명랑도 없이 공명하는 마음 있다면
벽오동 숲 속은 어둡고 누추할 것이다
야윈 빗줄기에도 벽오동은 길게 운다
제 몸 스스로 비옷 되었기 때문이리라

김종휘 _{화 가}

김종휘(金鍾輝 1928~2001) 서양
화가 : 1957년 홍익대학교 서양화과
졸업. 구상회 , 신상회 회원. 대한민
국 미술대전 운영원, 심사위원 역임.
홍익대학교 조형대학 학장 역임.

김진초 시 인

김진초 시인 : 1997년 『한국소설』
등단.
소설집 <프로스트의 목걸이>, <노
천국 씨가 순환선을 타는 까닭>, <
옆방이 조용하다>, <당신의 무늬>,
<김치 읽는 시간>, <사람의 지도>
장편소설 <시선>, <교외선>, <여자
여름>이 있음.
2005년 인천문학상, 2016년 한국
소설작가상, 2016년 한국문협 작가
상 수상.

티,

티가 난다.

잘살아도 나고 못살아도 난다.

죽도록 행복해도 나고 미치게 불행해도 난다.

티는,

자기 삶에 대한 최고의 대답이며 거짓없는

성적표다.

2021. 봄. 김진초

산에 들면
산이 보이지 않듯
사랑에 들면
사랑이 보이지 않는다.
사랑이 그리운 이는
그만,
사랑에서 내린다.

2003. 봄. 김진초. 소향

김 찬 식 조각가

김찬식(金燦植 1932~1997) 조각
가 : 1958년 홍익대학교 조소과 졸
업. 대한민국 미술대전 특선 4회 문
교부 장관상 수상. 대한민국미술대
전 심사위원 겸 분과위원장. 홍익대
학교 미술대학 학장 역임. 대한미술
협회, 조각가협회 고문, 호는 목암으
로 고양시 벽제에 목암미술관이 있
다.

김부희 시 인

김부희(金富姬) 시인 : 『문학과 의식』으로 등단. 한국문인협회 회원이며, 한국 기독교 문화예술 총연합회 사무국장을 역임했다. 현재 기독교 여성문인회 편집위원, 새흐름, 재창조 동인으로 활동 중이다. 시집으로는 <열린 문 저편> 등이 있다.

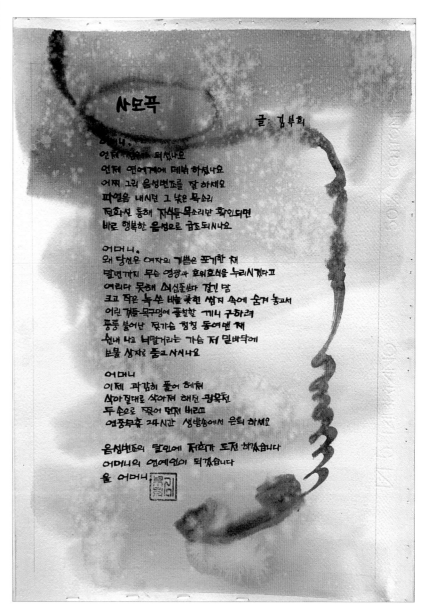

김철교 _시 _인

김철교 시인 : 서울대 영어교육과
(1976), 중앙대 경영학박사(1988),
중앙대 문학박사 (2018).
시인(2002, 시문학), 평론가(2015,
시와시학), 소설가(2017, 한국소설)
(현) 배재대학교 경영학과 명예교
수, 한국시문학아카데미 학장. 국제
PEN한국본부 부이사장.
시집: <무제 2018>(시와시학,
2018) 등 7권.
산문집: <영국문학의 오솔길>(시문
학사, 2012) 등 8권.
경영경제전문서: <증권투자분석
>(법문사, 2002) 등 19권.
<제1회 심재 김철교 문인화 개인전
>(2018.11.28.~12.3. 인사동 경인
미술관)

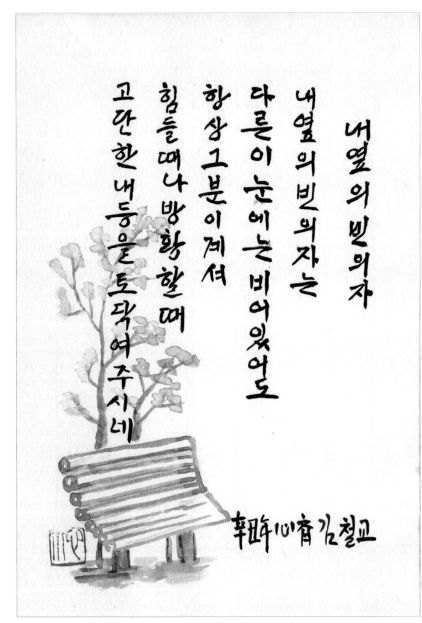

내옆의 빈의자

내옆의 빈의자는
다른이눈에는 비어있어도
항상 그분이 계셔
힘들때나 방황할때
고단한 내등을 토닥여 주시네

후편후이미홉 김철교

心育 김철교 詩書畵

이천이십일년 早春

잎맥마다 계절을 사랑한 이야기들

낮붉히며 가을어색해하니

한여름 치열하게 푸르다가

낙엽

김춘희 시 인

김춘희(金春熙) : 시인·여행작가
전남 법성포 출생.
2015년『문학과 의식』으로 등단
여행작가로 세계여행작가협회 회원
숙명여자대학교 국어국문학과 박사
과정 수료.

적막

김춘희

모원에서 사원로 향하는 시간과
독경 소리에 갇힌 나비 사이로
아직 젊은 마당이 있는
어머니의 집이 보이고
포도나무 평상에는
여섯 남매가
옹기종기 모여앉아
어머니의 밥을 먹는다

- 〈 적막 中 〉

물수제비

김춘희

포물선을 그리며
죽지않은 세상에서
나는 여러번 태어났다
돌아서며 잠시 바라본 하늘에는
유언처럼 노을이 번지고
눈부시게 아름다운 거리(距離)
다가 가기엔 너무 멀고
멀리 하기엔 너무 다정한
그대에게 가는 길

─ 〈물수제비 中〉

김현지 시 인

김현지 시인 : 경남 창원 출생
동국대 문예대학원 문예창작과
88년 월간문학 신인상
시집: <연어일기>, <포아풀을 위하
여>, <풀섶에 서면 내가 더 잘 보인
다>, <은빛 눈새>, <그늘 한평>, <꿈
꾸는 흙> 등
동국문학상, 시인들이 뽑는 시인상
수상
한국문인협회 우리말가꾸기 위원회
위원
한국시인협회회원 유유동인 향가시
회 동인

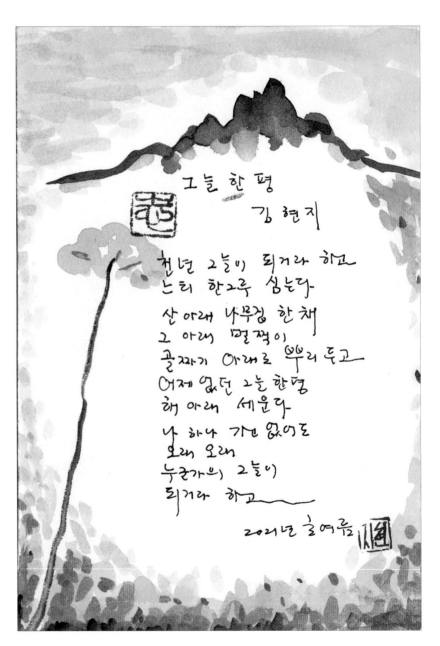

그늘 한평
김현지

천년 그늘이 되거라 하고
느티 한그루 심는다

산 아래 나무집 한채
그 아래 멍석이
골짜기 아래로 뿌리 두고
어제 없던 그늘 한평
해 아래 세운다
나 하나 간데 없어도
오래 오래
누군가의 그늘이
되거라 하고

2001년 늦여름

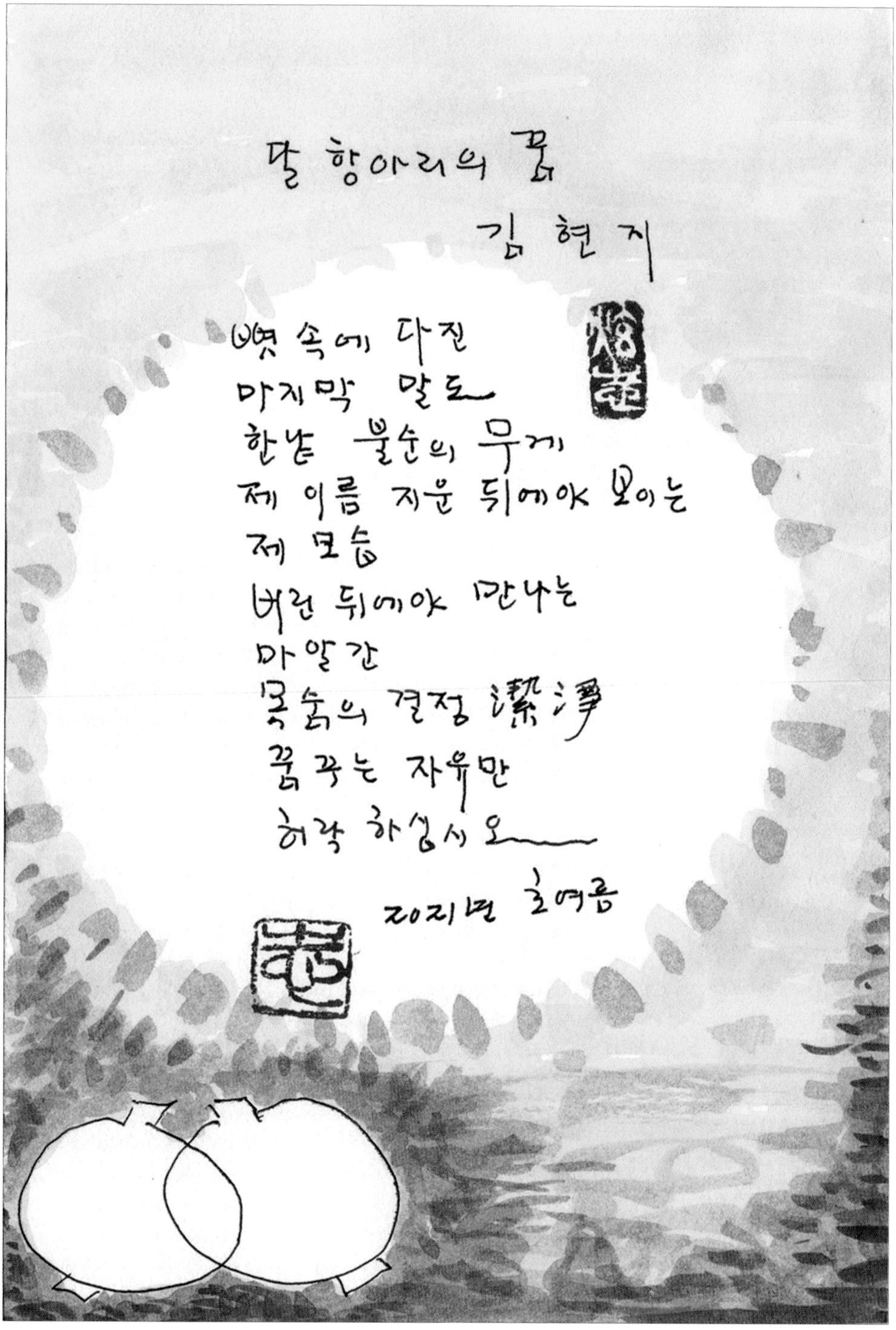

달 항아리의 꿈

김현지

입 속에 다진
마지막 말도
한낱 불순의 무게
제 이름 지운 뒤에야 보이는
제 모습
버린 뒤에야 만나는
마알간
목숨의 결정 潔淨
꿈꾸는 자유만
허락 하십시오

2012년 늦여름

김혜원 화 가

김혜원 화가 : 2015년 대한민
국 수채화 작가협회 공모전 특선,
2017~2018 한·일 수채화 아카데
미전, 2019년 수채화 한·일 국제교
류전(일본 하마마쯔), 2020년 대한
민국 수채화 공모전 최우수상 수상,
2021년 수채화 아카데미 수연회전,
현. 수연회 회원

김 화 헌 _화 _가

김화헌 화가 : 조선일보사 이사, 조
광출판인쇄 사장 역임. 2013년 수
채화 수연회전 창립전 이후 한 중 일
수채화 교류전 등 참가. 수연회 회
원.

여인초(旅人蕉)

中國 海南島 三亞 리조트

2021. 7 Whak Kim

김후란 시 인

김후란 시인 : 서울 출생
서울대 사대 수학,
1960년 『현대문학』 등단,
시집: <장도와 장미> <서울의 새벽
> <고요함의 그늘에서> <그별 우리
가슴에 빛나고> 등 14권
수상: 현대문학상 한국문학상 PEN
문학상 한국시협상 등
현직: 문학의 집 . 서울 이사장, 예술
원 회원

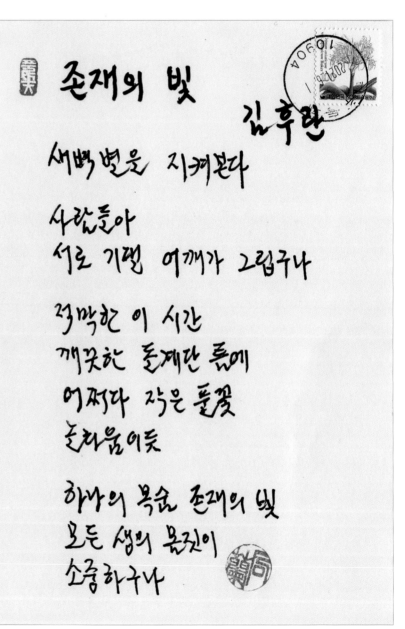

존재의 빛

김후란

새벽 별은 지켜본다

사람들아
서로 기댄 어깨가 그립구나

적막한 이 시간
깨끗한 돈제판 틈에
어쩌다 작은 들꽃
돋아났이듯

하나의 목숨 존재의 빛
모든 생의 몸짓이
소중하구나

사랑

김후란

집을 짓기로 하면
너와 나 둘이 살
작은 집 한채 짓기로 하면

번나라 바라볼 창
꽃나무 심어 가꿀 뜰
있으면 좋고 없어도 좋고

네 눈속에 빛나는
사랑만 있다면
둘이 손잡고 들어 앉을
가슴만 있다면

김희숙 플 룻

김희숙 플룻연주가 : 서울대 음대와
독일 뮌스터 음대 졸업
수많은 창작곡 초연, 오케스트라 객
원 솔리스트로서의 연주와 쳄바로,
기타 하프 그리고 가야금과의 앙상
블 연주 혹은 재즈 연주가들과의 크
로스오버 연주 등으로 활발히 활동
세계현대음악제, 아시아 현대음악
제, 독일 다름슈타트 현대 음악제
등에서 연주, 서울국제삭곡콩쿨에서
창작 연주부문 수상
Contemporary Music Band 567
동인

음악에 몸을 맡긴다.
어떤 음악이건 상관없다.
클래식이건 재즈건 리듬에 신을어
몸을 움직인다. 느리면 느린대로 빠르면 빠른대로
슈베르트의 교향곡 제9번, 1악장을 춤추고 2악장에도 계속
춤을 추다 나는 소파에 주저 앉아 울어버렸다.
음대에 입학하고 첫 오케스트라 시간에 한 곡은 슈베르트의
미완성 교향곡이었다. 예술 고등학교가 아닌 일반고를
졸업한 나는 오케스트라 경험이 그때가 처음이였다.
순간 나는 내가 천국에 와 있는걸 같았다. 황홀감과
행복감에 젖어있었던 기억이다. 그리고 다음곡이 슈베르트
심포니 9번이였다. 더 그레이트라는 부제가 붙은 이 곡은
그때 내게 전혀 새로운 곡이였는데 그후로 이 곡을 들을때면
마치 대학 1학년때로 돌아간 것 같은 착각에 빠지곤 한다.
음악은 그렇게 타임머신의 기능을 하는 것이다.
괜히 눈물이 솟구쳤다. 뭐라 선명할 수 없었다. 그때의
모습, 관현악과 동급생들, 오보 에를 연주하던 친구도 생각났다.
그냥 그때의 내가 생각 났고... 그때 산본 풍경이
생각났다. 그때는 아버지도 살아계셨고, 할머니도
살아계셨었지... 하며...   김희숙

까트린 화 가

까트린 화가 : 프랑스 사진작가이
며 한국문화 애호가로서 매년 한국
을 방문하여 한국을 소재로하여 사
진작품을 만든다. 프랑스 시청 전시
실에서 한국문화와 풍경을 소재로한
사진 작품 전시회를 가진 바 있다.
아울러 한국문화를 사랑하여 서예
와 수묵화 한글을 배우고 있는 독특
한 프랑스인 작가이다.

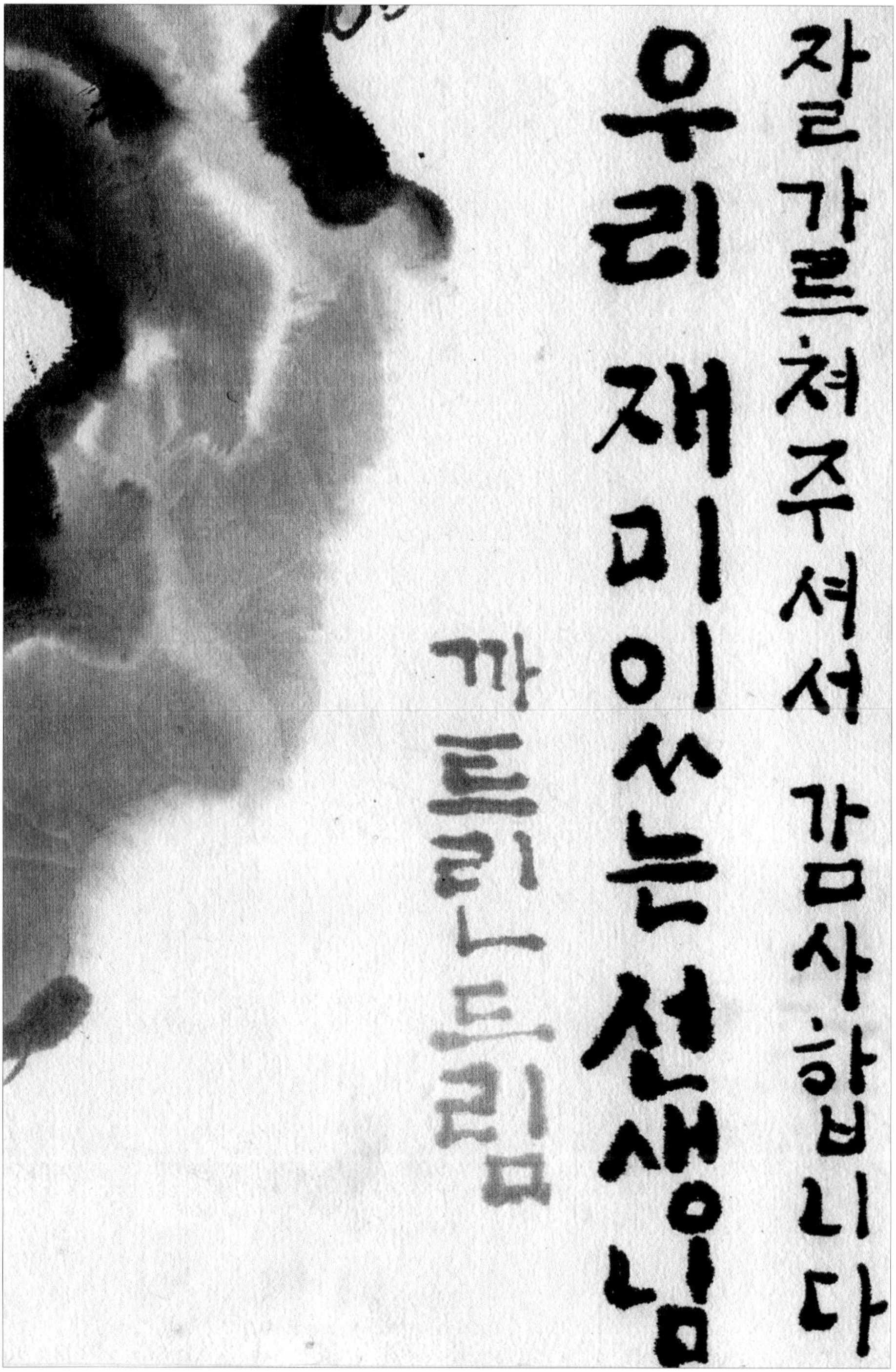

잘 갈르쳐주셔서 감사합니다

우리 재미있는 선생님

까트린드림

나고음 시 인

나고음 시인 : 등단 2002년 『미네
르바』
시집 〈불꽃가마〉, 〈저, 끌림〉, 〈페르
시안블루, 꿈을 꾸는 흙〉, 〈그랑드
자트 섬의 오후로 간다〉
도자기 개인전, 해외전, 그룹전 다수
수상 서울시문학상, 숲속의시인상,
바움작품상, 한국시문학상 수상

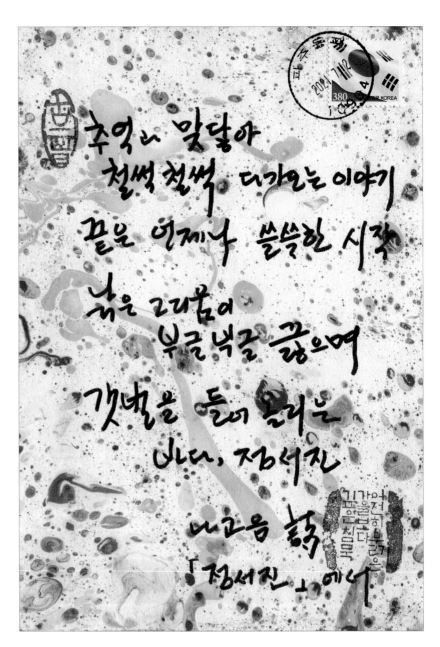

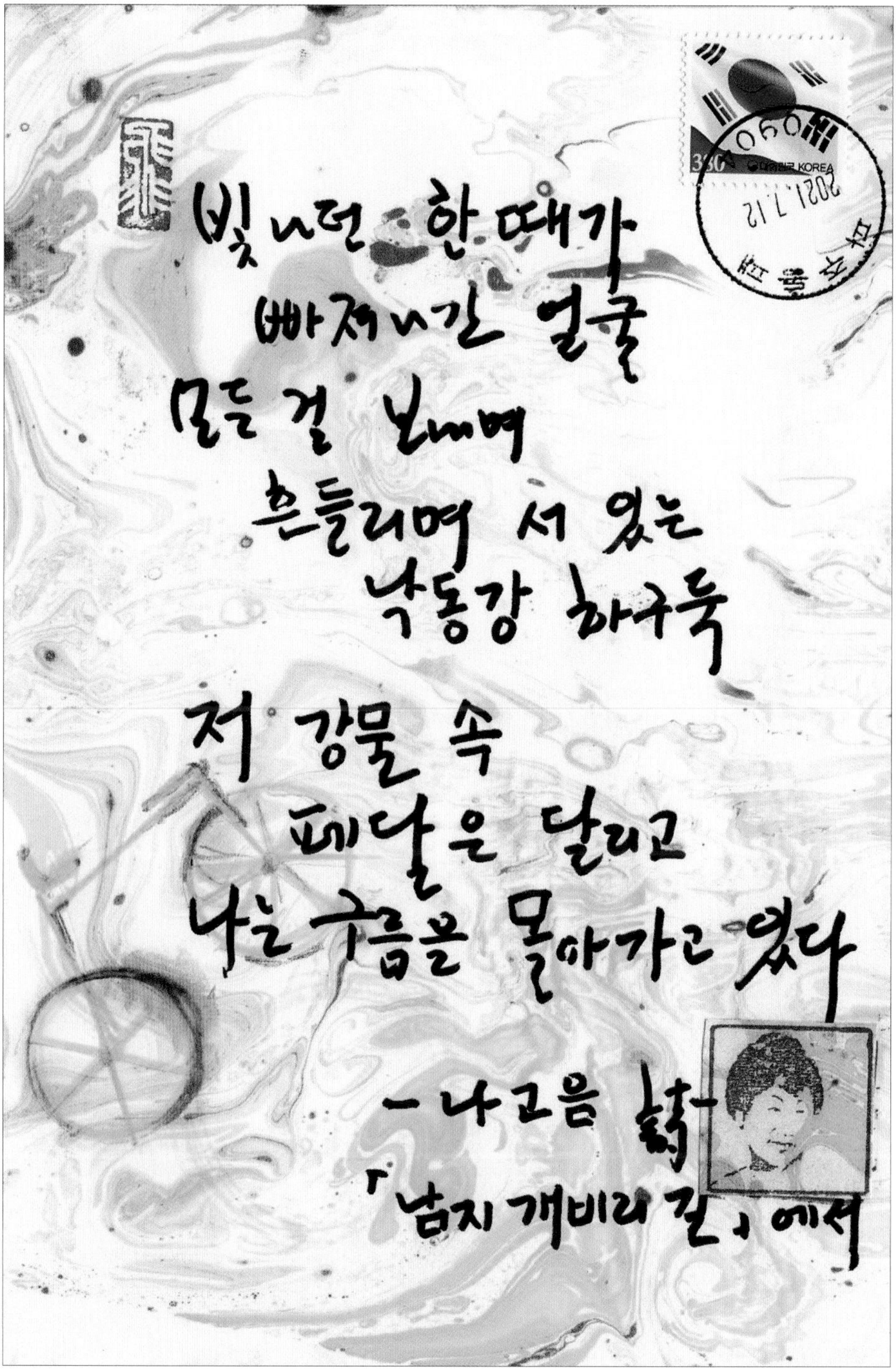

빛나던 한때가
빠져나간 얼굴
모든 걸 비우며
흔들리며 서 있는
낙동강 하구둑

저 강물 속
페달은 달리고
나는 구름을 몰아가고 있다

－나고음 詩－
「남지 개비리길」에서

나태주 시 인

나태주 시인 : 1945년 충남 서천 출생. 공주사범학교에 입학하면서 운명적으로 시를 만났다. 시 <대숲 아래서>로 1971년 서울신문 신춘문예에 당선. 첫 시집 이후, <그 길에 네가 먼저 있었다> 까지 39권의 창작 시집과 산문집, 시화집, 동화집 등 100 여권 출간. 받은 문학상은 흙의 문학상, 현대불교문학상, 한국시인협회상, 정지용문학상, 공조문학상 등이 있고 공주에서 공주풀꽃문학관을 운영하고 있다.

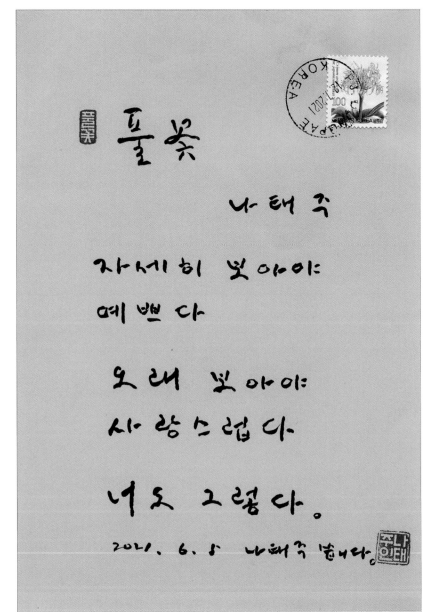

멀리서 빈다

나태주

어딘가 내가 모르는 곳에
보이지 않는 꽃처럼 웃고 있는
너 한 사람으로 하여 세상은
흐뭇한 아침이 되고
다시 한번

어딘가 내가 모르는 곳에
보이지 않는 풀잎처럼 흔들리고 있는
나 한 사람으로 하여 세상은
다시 한 번 고요한 저녁이 온다

가을이다. 부디 아프지 마라.
2020. 6. 20
나태주 씁니다.

노경호 화가

노경호 화가 : 호는 인당(仁堂)
경북대학교 공대를 졸업하고 (주)
서울메타텍 대표이사이다.
사업가, 화가로 인사동 경인미술관
의 부부전을 통하여 공인된 작가로
활동하고 있다. 글로벌 미술대전에
서 장려상을 수상하였으며 대한민
국 기독미술대전, 경기미술대전, 경
인미술대전 평화미술대전 등에서 입
상하였다. 프랑스 한국 수교 130주
년 기념전에 참여하였고, 프랑스 아
트샵핑 루브르 박물관 까루젤관 전
시에도 참여하였다.
그의 작품 세계는 한국화의 전통적
인 수묵정신을 기본으로 하고 있다.
현재 동양수묵연구원과 파인아트멤
버로 활동하고 있다.

노숙자 화가

노숙자(盧淑子) 화가 : 1943년생. 우리 화단에서 '꽃의 작가'로 통한다. 유려한 색감, 섬세한 선묘, 완벽에 가까운 구성으로 갖가지 꽃들을 형상화한 그의 작품 세계 속에선 아름다운 서정과 격조가 넘친다. 현장 스케치로 꽃을 재현시키는 까닭에 그의 작품은 신선한 생명감을 깊이 느끼게 하며, 그 많은 꽃들이 우리와 더불어 숨쉬고 있음을 알게 한다.

서울예고, 서울대학교 미술대에서 회화를 전공한 그는 10대의 어린 시절부터 미술 전문교육을 받았고 그간 20여 회의 개인전을 비롯하여 한국 국제아트페어, 샹하이 아트페어, 퀼른 아트페어 등 국내외 주요 전시회에서 왕성한 창작활동을 하고 있다.

덕성여대 경희대 삼성문화센터 등에서 후진을 양성했고 <한국의 꽃그림>(서문당), <노숙자 꽃그림 대표작집 1.2>(서문당) 등의 작품집을 출판했다.

류즙희 시 인

류즙희 시인 : 한빛 문학 등단, 한빛
문학상 수상(시 부문), 현대시인협
회 회원, 한국현대작가 회원

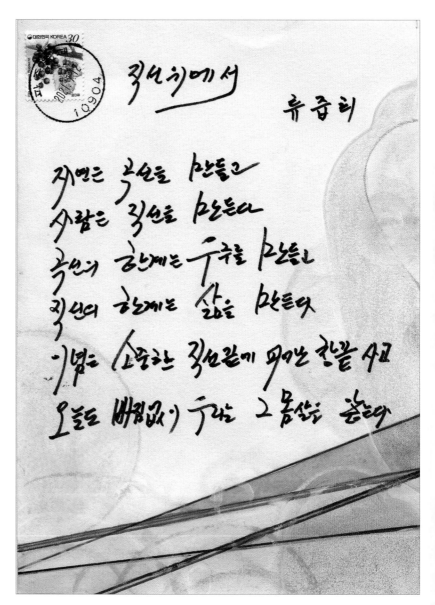

그냥 왔다

유승희

그냥 왔다 무거운 짐지고 지게꾼 처럼

그냥 왔다 매달려 사는 줄사탕 처럼

그냥 왔다 조금만 더 비면 껏이 처럼

그냥 왔다 가지 않고 떠나는 철수처럼

그냥 왔다 그냥가는 물경없는 떠낭장 처럼

그냥 왔다 흐르가는 깨구림 처럼

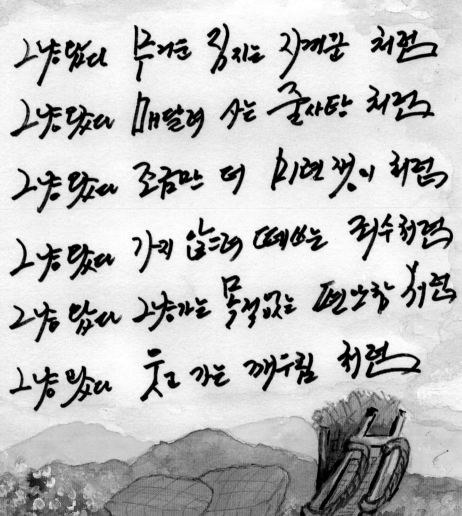

문경자 시 인

문경자 수필가·시인: 경남 합천출신
한국산문부문 신인상 수상
월간국보문학 시 신인상 수상
합천신문 논설위원, 합천신문 수필
매월 게제
자랑스러운 합천인상 수상
한국문인협회 회원, 국제펜클럽 한
국본부 회원
자랑스러운 양천문학인상 수상
한올 문학상 수상. 양천문학상 수상
양천문인협회 9대 회장 역임. 양천
문인회회 회원
수필집 : 〈아무 말도 하지 않았다〉
시집 : 〈어디 감히 여성의 개미허리
를 밟아?〉

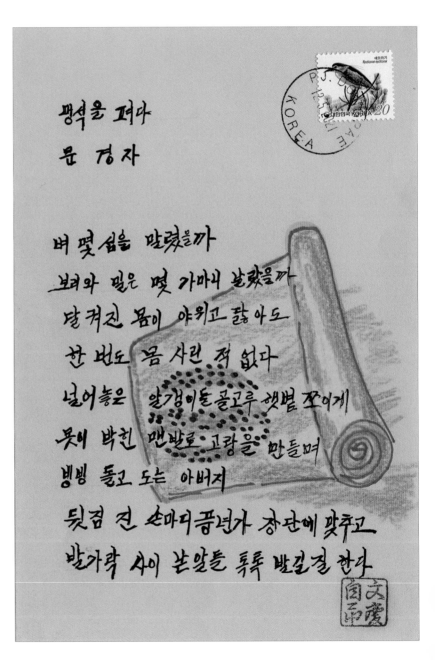

평석을 펴다

문 경 자

벼 몇 섬을 말렸을까
보리와 밀은 몇 가마니 날랐을까
닳겨진 몸이 야위고 닳아도
한 번도 몸 사린 적 없다
널어놓은 알갱이들 골고루 햇볕 쪼이게
못이 박힌 맨발로 고랑을 만들며
뱅뱅 돌고 도는 아버지

뒷짐 진 손마디 금년가 장단에 맞추고
발가락 사이 낟알들 톡톡 발길질 한다

이슬 방울

문 경자

풀잎에 맺혀 있는
풀 방울

꽃잎에 맺혀 있는
꽃 방울

풀을 베는 아버지
목에 붙은 땀 방울
꽃 같은 어머니
한숨에 눈물 방울
한 시절 떠오르는 내 풀밭엔
물거품만 방울방울

문성희 _{시 인}

문성희 (文成熙) 시인 : 계간 <문장>, <한국시학> 시 신인상으로 등단. 한국현대시인협회원, 국제펜한국본부이사, 한국시학회원, 대구문협이사, 대구시협간사, 죽순문학회 사무국장. 고령문협회원, 문장작가회원. 시집 <가슴에 묻어둔 침묵>, 열린수필 6호 발행. 2017년 한국예인문학작가상 수상. 현재 안심성봉요양원 원장.

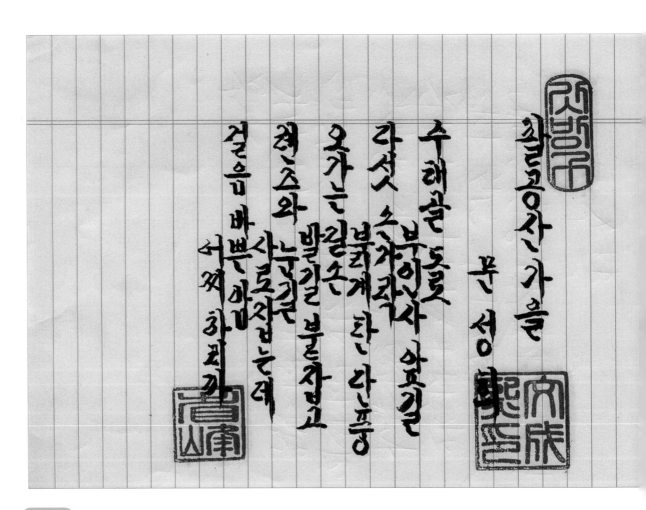

「손바닥라카」 부 성해

달구벌 계절의힘 골을주며

못자라 꿈을 키워고

꽃나온 별기 아스팔트

위에 패쳐앉아 숨쉬기도

힘들다

사람은 힘겨워 패미는 배엔펌

헐떡이는 못스럽게

수 상벌들도 지쳐

두팔을 패쳐놓는다

달구벌 부지벌기

이것이 대구의 힘

식을줄 모르는 거구의 가

문 신 조각가

문신(文信 1923~1995) 조각가·서
양화가 : 일본에서 출생. 유년 시절
은 경남 마산에서 지냈으며, 일본 도
쿄미술학교 서양화과를 졸업. 국제
조각 심포지엄에 출품한 <태양의 사
자>를 통해 세계적 조각가로 명성을
떨쳤으며, 1991년 프랑스 예술문화
기사 훈장을, 1992년에는 세종문화
상, 1995년에는 금관문화훈장을 받
았음.

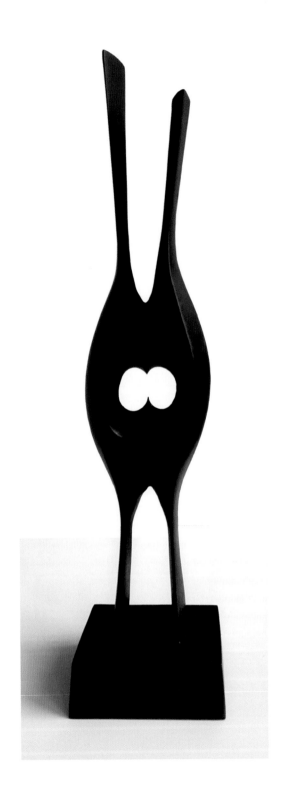

변종하 화 가

변종하(卞鍾夏 1926~2000) 화가:
대구 출생, 신경미술원, 파리대학교
아카데미 드라 그랑드 쇼미에르 수
학. 국전 연4회 특선 및 부통령상 수
상('54~'57). 홍익대 등에서 강의.
1991년 대한민국 문화예술상 은관
문화훈장 받음.

박두진 시인의 초상

문혜자 화가

문혜자(文惠子) 화가 : 홍익대학 조소과 졸업. 성신여대 조소과 대학원 졸업, 미국 메사츄세츠 미술대학, 대학원 추상화 수학, 국내외에서 개인전 20여 회. 이태리 Premio Ercole D'este 작가로 선정(회화-2008), 이태리 "Magic Paths of Art" 전 초대(2006), 이태리 "Traces of Memory" 전 초대, 프랑스 파리 제216회 Universal Art Le Salon에 초대(회화).

국내에서 중앙미술대상전 특선, 신인 예술상전, 국전, 대한민국 미술대전 입상, 국립현대미술관 초대작가전, '88 올림픽 기념전 '93 대전 EXPO 기념전 등 250여 회 그룹전 참가.
국전 운영위원 및 심사위원 역임, 서울특별시 예술장식품 심의위원 역임. 장안대학교 교수 역임, 이태리 TIA(Trevisan International Art)회원.

김소월 시 〈초혼〉

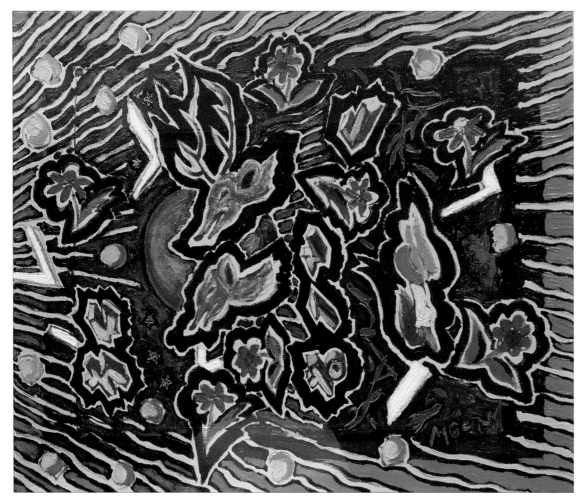

문회숙 시 인

문회숙 시인 : 호는 매화.
<창작문학 세계> 시로 등단. <시와
글> 텃밭문학회 문학상 수상. 한국
문인협회 회원. 현재 부천시 중앙영
상 의학과 근무.

바닷가 몽돌의 연가

매화 문회숙

바위를 가슴에 보듬어 안고
얼마나 긴 세월을 울었으면
까맣게 탄 몽돌이 되었는가

하얀 물거품에 말리는 파도
못 잊어 몸부림에 아팠으면
많은 상처가 몽돌이 되었나.

오색별 졸고 있는 바닷가에
여름날 연인들의 긴 이야기
방해도록 몽돌은 꿈을 꾼다.

섬진강 변에 봄 햇살이

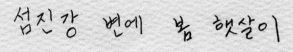

매화 문희숙

조약돌 보듬은 섬진강 물은
따스한 봄 햇살 품에 안고
은빛 포말을 그리며 흐른다.

겨울잠에 깬 나룻배 한 척
남풍 따라 마냥 일렁이고
강변엔 홍매화가 피어난다.

재첩 잡는 아낙네 노래에
겨우내 찌든 속 내를 열며
연두빛 하늘가 봄을 마신다

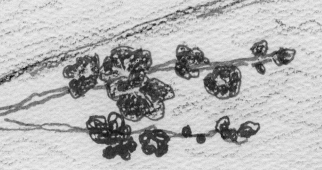

민병문 시인

민병문 시인 : 한국문인협회 회원
문협 안산시지부 운영이사 감사 역임
<시와함께> 회원
시집 : <황색선을 넘나들며>

꿈

민병문

파도가 닦아 놓은
금모래 은모래 위에
고운 아이 살포시 앉아
남들이 볼세라
제 이름자를 수놓고
방시란히 웃다가
도파에 이름 잃고
울며불며 돌아갑니다

우면산을 바라보며

민병문

관악산 끝자락에
뜨거운 불씨가 걸려
태우지 못한 허공이 아쉬워나
찢어진 흰 조각들 위에
빠알간 속내를 알알이 수놓고
막계천 작다란 물줄기 옆엔
인디언 텐트만이
먼 산 우면牛眠을 바라보며
긴 밤을 지새우려는데
차운 바람 나 몰라 하는구나

민수영 시인

민수영 시인·칼럼니스트 :
1994년 월간문예사조 신인상 등단
1995년 전국여성문학상 수상
2018년 한국예술인총연합회장상
수상
2019년 아산시장상 수상
2020년 충청남도지사상 수상

前) 일간투데이 편집부국장
前)한국문인협회아산지부장
현) 아산예총수석부지회장
현) 설화문학관 상주작가
현) 아산시립도서관 운영위원
현) 저출산고령화정책위원회 홍보위원
저서 〈낯선 곳에서의 하룻밤〉, 〈선택〉 등 공저 다수

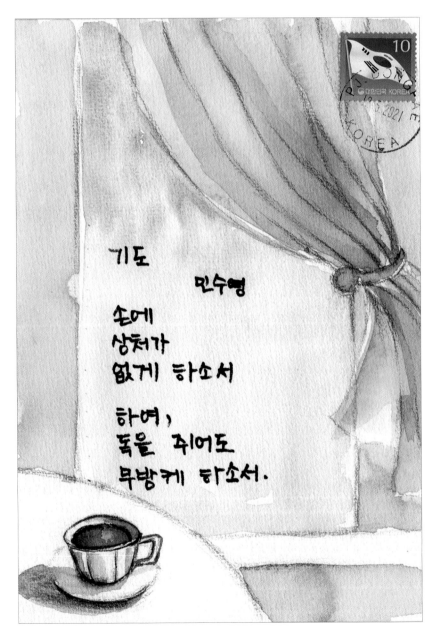

시시 대 때로
등을 보이며
돌아서는 나에게

조용조용
되돌아오는 길을
일러주는 사람.

—민우영 시
까치아에게 중에서—

박경석 시인

박경석(朴慶錫) 시인 : 육사 출신의 전형적 야전지휘관이었다. 현역 육군대위 시절, 필명 한사랑(韓史郞)으로 시집 <등불>과 장편소설 <녹슨 훈장>으로 등단, 현역시절에도 필명으로 꾸준히 작품활동을 해왔다. 1981년 12.12 군란을 맞아 정치군인과 결별, 육군준장을 끝으로 군복을 벗고 전업작가로 변신한 후 시집과 소설 등 73권의 단행본을 펴냈다. 특히 서울 용산 전쟁기념관의 박경석 시비 '서시', '조국'을 비롯하여 전국 각지에 12개의 박경석 시비가 있다.

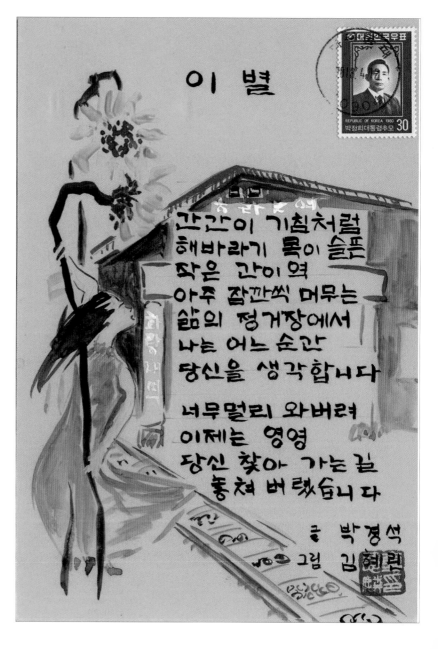

이 별

간간이 기침처럼
해바라기 목이 슬픈
작은 간이역
아주 잠깐씩 머무는
삶의 정거장에서
나는 어느 순간
당신을 생각합니다

너무멀리 와버려
이제는 영영
당신 찾아 가는 길
놓쳐 버렸습니다

글 박경석
그림 김혜린

코스모스

내 이름은
늦여름 밤의 반딧불
연분홍 입술로 불을켠다

바람이 허리를 휘돌아
가끔은 자지러진다 해도
나의 밤은 길고 깊어
이별을 용서하지 않는다

가을이
제 살을 다 녹일때까지
나는 수백 번 손을 흔들며
내 이름을 남긴다

글 박경석
그림 김혜린

박근원 _화 _가

박근원 시인 : 황해도 신천군에서 월남. 한양공대 건축공학과 졸업. 월간 『순수문학』 신인상으로 등단, 한국문인협회, 국제펜클럽 한국본부, 농민문학회, 복사꽃문학회, 징검다리 시동인회 회원. 동작문인협회 시분과위원장

바위섬

바다 한가운데 섬
뼈를 깎아낼 만큼의 파란波瀾을 반복하며
생사 대해를 건너서 일까

마음 한편은 저승 쪽에 기울어있고
남은 모두는 이승 쪽에 머물러 있어서

껴안은 풀 한포기
지나가는 바람 한 자락까지도
전설로 숙성시키며

거기 그 자리에 떠 있으니

신선神仙이 아니더냐
아니 그런가

약천約泉 박근원

이열모 화 가

이열모(李烈模 1933~2016) 화가 :
충북 보은 출생. 서울대학교 미술대
학 동양화과와 동대학원 졸업. 1974
년, 1975년 대한민국전람회 문화공
보부 장관상 수상. 호는 창운(蒼暈).
경희대학교 미술대학 교수, 성균관대
학교 교육대학원 원장, 대한민국 미
술대전 심사위원 등 역임. 작품 단양
사인암(1977년)

박미현 시인

박미현 시인 : 경기도 포천 출생. 2005년 『문학저널』 시부문 신인상으로 등단. 시집으로 <일상에 대한 모독>(2011), <그리하여 결핍이라 할까>(2020) 등. 한국문인협회 회원.

축 주 축　　박미현

마음과 마음이 하나이어도

몸이 따로따로인 우리

얼마나 다행한가

너와 나

몸조차 하나라면

오체투지 아닌가

동백

박이현

두번 진다지
겨울 꽃

덧빛 상처가

아물 때까지

다시

핀다지

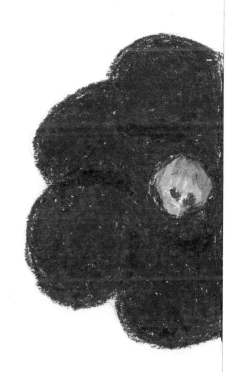

박분필 시 인

박분필 시인 : 1996년, 『시와시학』
에서 작품 활동을 시작함,
성균관 대학교 대학원 유교경전학과
수료
2011년: KB(국민은행)창작동화 공
모제에서 대상수상
2020년: 시 『문학청춘』작품상 수
상
동화집 <하양날개의 전설> 외
시집 <바다의 골목> 외

벗 꽃

박분필

꽃잎이 오래
물위를 빙글 빙글
돌고 있었다

떨어지는 꽃
생生의 후렴구가
아름답게 보였다

계 단

박 분 필

수직을 보지않으면 수평이 된다
계단은 수직이 아닌 수평이다

올라가는 발 내려가는 발을
함께 받아주는 수평의 층계

우리가 선 곳이
수직과 수평이 만나는
정점이다

박선옥 _화 가

박선옥(1953~2020) 화가·교육자
: 충청남도 천안 출생. 공주교육대
학, 서울산업대학 응용회화과 졸업,
성신여자대학 대학원 미술교육과 졸
업. 충청남도 초등학교 교사, 학교장
역임. 한국미협, 그릴회, 천안미술작
가회 등 미술 활동. 2회 개인전 저서
<나의 꽃 이야기> 2021년 서문당
발행.

박정향 시 인

박정향(朴庭香) 시인 : 전북 부안 출생. 중앙대학교 영문학과 졸업. 전북대학교 교육대학원 교육심리학 석사. 2000년 교직 퇴직. 『문예사조』로 시와 수필부문 등단. 한국문인협회 회원. 서초심상시인방 동인·관악문인회 회원. 저서로는 시집 <나무가 일어서는 가슴에>, 수필집 <나, 살아 있음에> 등 다수.

ㅂ

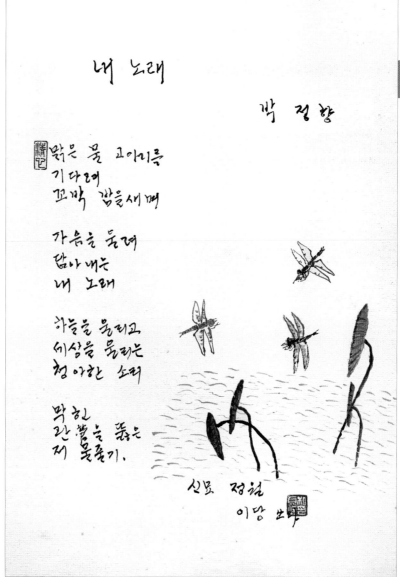

내 노래

박 정 향

맑은 물 고이기를
기다려
꼬박 밤을새며

가슴을 울려
담아 내는
내 노래

하늘을 울리고
세상을 울리는
청아한 소리

막힌
란 봄을 뚫는
저 물줄기.

신묘 정월
이당 쓰

박선희 시 인

박선희 시인 : 『월간 문학』에서 시로, 『수필과 비평』에서 수필로 등단. 경북일보 문학대전과 민들레 문학상(대상)을 수상했다. 시집으로 <건반 위의 여자>, <그늘을 담고도 환한>과 수필집<아름다운 결핍>이 있다.

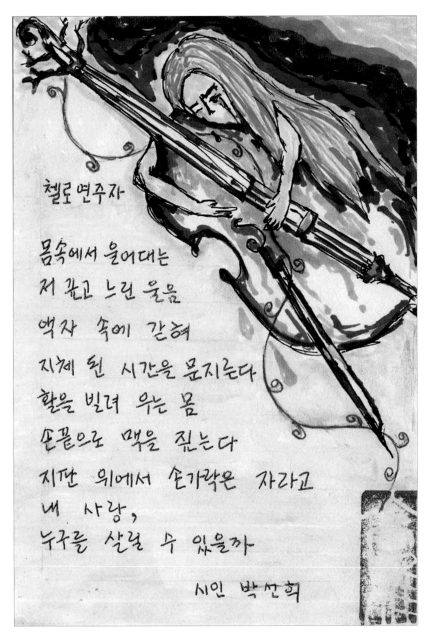

체로 연주자

몸속에서 울어대는
저 굵고 느린 울음
액자 속에 갇혀
지체 된 시간을 문지른다
활을 빌려 우는 몸
손끝으로 맥을 짚는다
지판 위에서 손가락은 자라고
내 사랑,
누구를 살릴 수 있을까

시인 박선희

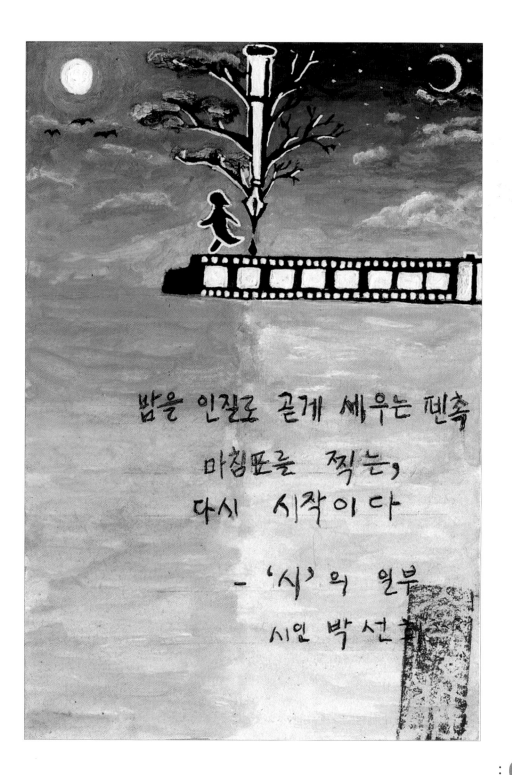

밤을 인질로 곧게 세우는 면촉
마침표를 찍는,
다시 시작이다

- '시'의 일부
시인 박선호

박순례 _{화 가}

박순례 화가 :
2016년 한국 수채화 공모전 특선,
독도문예대전 등에 특선. 2017년 홍
익대학교 미술교육원(수채화 전공)
졸업. 2021년 대한민국 수채화 공
모전 대상, 한국미술협회, 수연회 회
원.

공덕동자

ㅂ

박영녀 시 인

박영녀 시인 : 서울 출생.
2015년 계간 『시』로 등단.
시집으로 <아이스께끼>, 공저로 <프
로방스에 끼어들다>가 있다.
부천문협, 부천여성문학회 회원.

스며든다

툇뿐에 심어진 꽃기린
붉은 꽃을 피워낸다
언제부터였을까
그 곁에 싹을 틔운 사랑초
쉼 없이 꽃대를 올리더니
바짝 붙어 터전을 이룬다
결을 내린 가시 위로
제집인 양 자꾸 드러눕는다

박 영녀

해바라기 고개 숙일 때
고샅을 돌아오는
할머니의 잰걸음이 불룩하다
신작로 점방에 갔다 온다며
패인 주름이 웃는다
쌀겨 같은 흙먼지 일으키며
바삐 걸었을 뿌연 고무신
무명 앞치마 속에서
검은 땀물 뚝뚝 흐르던
한 입 베어 물자
반은 땅으로 떨어져버린
그리움

박 영 녀

아이스께끼 中

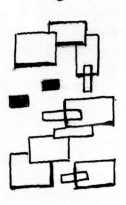

박영봉 시인

박영봉 시인 : 문예사조 등단, 미국 워싱턴 밥티스트 유니버시티(ThB, MDv), 펄벅기념문학상 운영위원장 역임, 수주문학제 운영위원 역임, 수주문학상 운영위원 역임, 부천신인 문학상 운영위원 역임, 소나무 푸른 도서관장 역임, (사)한국문인협회부천지부장 역임, 시집으로 <겨울 동굴벽화>가 있으며, 현재 (사)한국문인협회 회원, 복사골시인협회 회원, 문예대안공간 라온제나 대표로 활동하고 있다.

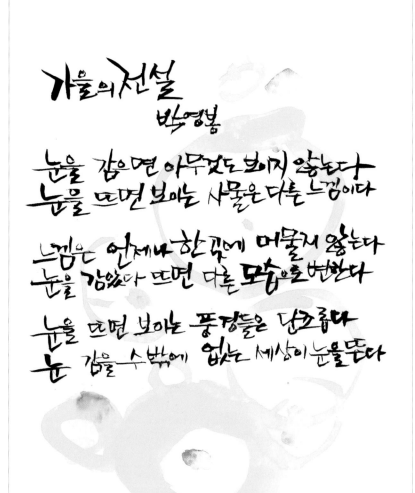

가을의 전설
박영봉

눈을 감으면 아무것도 보이지 않는다
눈을 뜨면 보이는 사물은 다른 느낌이다

느낌은 언제나 한 곳에 머물지 않는다
눈을 감았다 뜨면 다른 모습으로 변한다

눈을 뜨면 보이는 풍경들은 단조롭다
눈 감을 수밖에 없는 세상이 눈을 뜬다

삼곡천 물그림자

박영봉

계울가를 산책하다 문득
수초 사이로 흐르는 물소리
사랑한다는 서툰 고백같다

손가락 마디 피라미들
아이들이 던져준 먹이를 물고
떼 지어 거슬러 올라간다

어디에서 날아왔는지
두루미 한마리 날개를 접고
징계석 아래 내려 앉는다

큰새들은 왜 혼자일까
다리에 잔물결 적시며 서 있는
날개와 목 털미 눈부시다

박영선 화가

박영선(朴泳善 1910~1994) 서양 화가 : 평안남도 평양 출생. 1936년 도쿄의 가와바다화(川端畵) 학교 졸업. 조선미술전람회에 연속으로 입선하다가 1940년에 신개지(新開地)로 특선. 해방 후 홍익대 교수, 대한민국미술전람회 초대작가, 심사위원 등으로 활약, 삼일문화상과 대한민국예술원상을 받음. '나부 화가'로 불릴 만큼 나부화를 많이 남겼다.

이 방 자 여 사

이방자(李方子 1901~1989) 여사
: 조선의 마지막(28대) 세자였던 이
은(李垠) 전하의 비. 일본 왕족 니시
모토(梨本宮)의 장녀로 일본 황실의
내선일체의 명으로 정략결혼을 당했
으며 아들 이진과 이구를 낳았다

박정숙 시 인

박정숙 시인 : 경기도 고양시 출생
대한문학세계 수필 (2013년) 시
(2014년) 등단
캘리그라피지도사 1 급
저서 :
시집 <그녀가 꿈꾸는 다락방 첫번째
이야기>
수필집 <그녀가 꿈꾸는 다락방>, <
그녀가 꿈꾸는 다락방 일상에서 일
어나는 편안함으로 꾸며진 이야기>

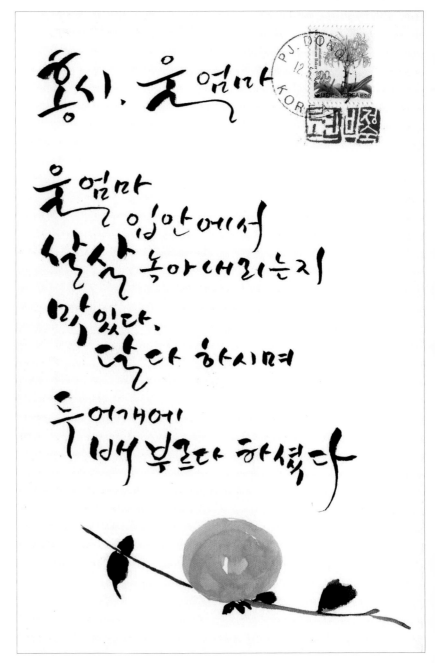

홍시, 웃 엄마

웃 엄마
입안에서
살살 녹아내리는지
맛있다.
달다 하시며
두어개에
배부르다 하셨다

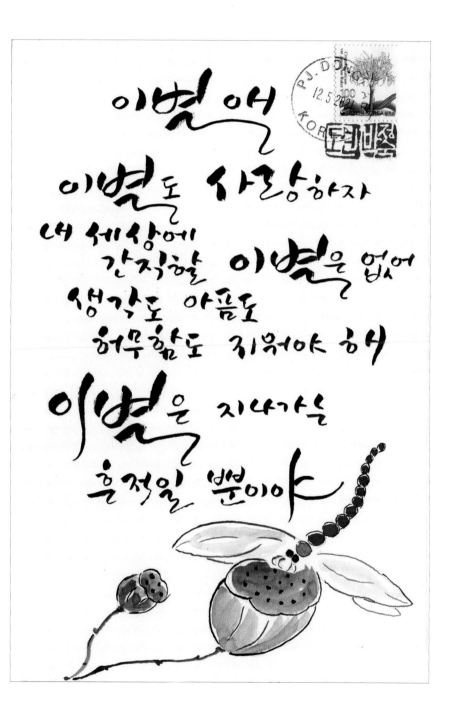

이별에

이별도 사랑하자
내 세상에
간직할 이별은 없어
생각도 아픔도
허무함도 지워야 해

이별은 지나가는

흔적일 뿐이야

박진주 _화 _가

박진주 화가 : 제53회 한국미술협회
인천미술대전 특선. 제12회 대한민
국 수채화 공모전 특선. 제7회 독도
문예대전 특선. 아동미술지도 교사.
한국미술협회, 수연회 회원.

DARK JEENJOO

박현숙 화가

박진주 화가 : 호 채림(採林)
화가 박현숙은 서양화적 미술 감각
과 동양적 수묵의 서정성을 결합하
여 하나의 새로운 미술세계를 창조
하려고 노력하는 작가이다.
경인미술대전에서 특선과 입선을 반
복하면서 인정받고 있는 작가로 목
우회 경기미술대전 등에서 입상하였
으며, 앙데팡당 미술대전에서 특별
상도 수상하였다.
한불수교 130주년 기념전과 프랑스
국립살롱전에 참여하였고 프랑스 루
브르 까루젤관의 아트샵핑에서 개
인전을 갖은 바 있다.
현재는 한국미술협회원으로 동양수
묵연구원과 파인아트멤버로 활동 중
이다.

H. S Park

방혜선 시 인

방혜선 시인 : 경남 하동 출생.
2021년 『시와 산문』으로 등단.
역사생태문화해설사, 숲해설사로 활
동.

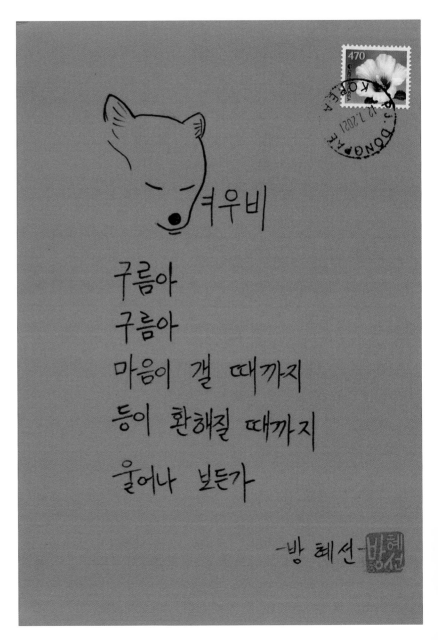

여우비

구름아
구름아
마음이 갤 때까지
등이 환해질 때까지

울어나 보든가

- 방 혜선 -

채송화

한숨도 없이
북받침도 없이
너는
톡톡

슬픔을 터트린다

제 그림자를 지운다

침묵마저 비워 낸 자리에

가을 하늘이 핀다

―방혜선―

배영숙 시 인

배영숙 시인 :
순천문학 작가상, 순천예술상 수상
순천문인협회장, 강남문학회장 역임
현재 전남문학 및 세계시 이사, 중학
교 교사
시집 <가난한 서울>, <그리움은 광
목 커튼에 매달려>, <아픈 이름을
위하여> 출간

순천만
-어부

늙은 선장의 구수한 남도 가락에
바람이 춤을 추고 막걸리 마저 흔들리면

고샅까지 바다를 묻고 간 사람들은
취기를 달래며 닻선을 끌끌끈다

배영숙(2021)

마른 나무

몇 천 년을 산다는
주목나무도 아닌데
삭정이로 남은 걸
이미 알고도
그대 심장으로
가는 길목에서
마른 호흡으로
보초를 선다

배영숙 (2021)

변영원화 가

변영원(邊永圓 1921~1988) 화가
: 서울 출생, 경기상업을 거쳐 일본
동경제국미술학교 서양화과 졸업.
1960년 직선구성의 추상과 슈르 작
품 발표, 1950년대 신조형파전 창립
회원, 작품발표와 신조형 이론 제시.
'한국에 있어서의 바우하우스 운동'
을 제창. 대한미술원 운영위원, 범아
시아협회 고문역임.

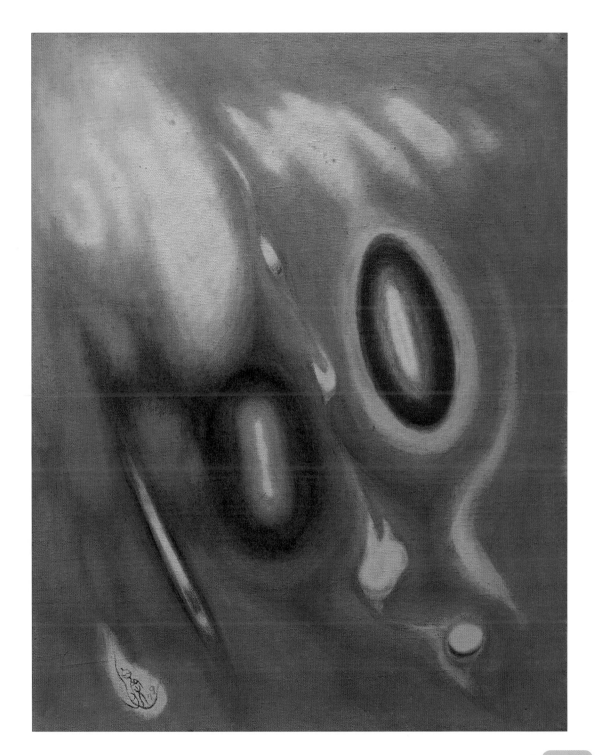

사위환 시인

사위환 시인 : 경기 파주 출생
연세법무대학원 법학석사, 공직 37
년
『화백문학』을 통해 시인 등단,
(현)현대시인협회회원, (현)신문예
회원, (전)현대문학작가연대 이사,
국회의원상(지역사회봉사), 다수의
시 공저

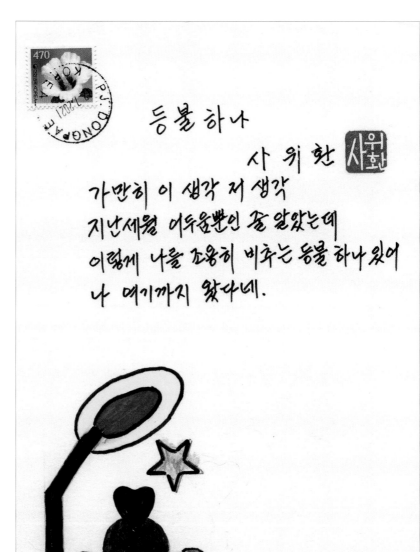

등불 하나

사 위 환

가만히 이 생각 저 생각
지난세월 어두움뿐인 줄 알았는데
이렇게 나를 조용히 비추는 등불 하나 있어
나 여기까지 왔다네.

민들레 가족

사 위 환

놀이터 옆
세 송이 노란 꽃
아침이슬 머금고 활짝 피었다.

철부지들 장난치며
아슬아슬 옆을 밟고 지나친다.

몸을 움츠린 채
하얀 얼굴 홀씨되어
행여 밟힐까

숨죽인다.

人

서명옥 _{시 인}

서명옥 시인·수필가 : (사)한국프리
저브드플라워작가협회 이사장, (사)
한국예총화예협의회 교육이사, (사)
한국꽃예술학회 이사.
제47회 전국기능경기대회 화훼장식
부문 동메달 수상.
지방기능경기대회, 전국기능경기 대
회 심사위원

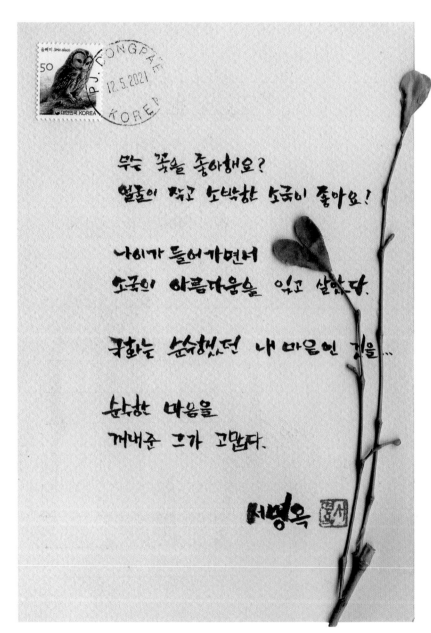

무슨 꽃을 좋아해요?
별로이 작고 소박한 소국이 좋아요!

나이가 들어가면서
소국이 아름다움을 잊고 살았다.

국화는 순수했던 내 마음인 것을...

순수한 마음을
꺼내준 그가 고맙다.

서명옥

우리는 말과 글을 통해 의사소통을 한다.
전달하지 못하는 부분은 표정과 몸짓으로 표현한다.
인간은 예술을 통해 내적감성을 표출한다.
예술로서의 花藝 의 가치는

인간의 내적감성에
자연의 순수한 감성이 더해지면서
또 다른 소통의 세계를 만든다.

서 명옥 書

서세옥_{화 가}

서세옥(徐世玉 1929~2020) 화가
: 호는 산정(山丁), 대구 출생. 서울
대학교 미술대 1회 졸업. 서울대 미
대 교수, 학장 역임, 중앙미술대전 운
영위원장 역임, 예술원 회원. 은관문
화훈장, 금관문화훈장 받음.

신영복화가

신영복 (辛永卜 1933~2013) 동양화가 : 호는 도촌(稻邨), 일본에서 출생. 해방 후 귀국하여 14살부터 남농 허건에게 사사, 남종회화의 뒤를 이었다. 한국미술대전 운영위원 등 역임. 옥관 문화훈장을 받음.

서정란 시인

서정란(徐廷蘭) 시인 : 경북 안동 출생.
1992년 『바다시』 동인지로 등단.
시집으로 <오늘 아침 당신은 내 눈에 아프네요>, <어쩔 수 없는 낭만>, <어린굴참나무에게>, <꽃그림 까페> 등 7권. 한국문인협회, 한국시인협회, 한국여성문학인회, 국제펜클럽, 동국문학회, 문학의 집 회원. 동국문학상, 한국문학백년상 등 수상.

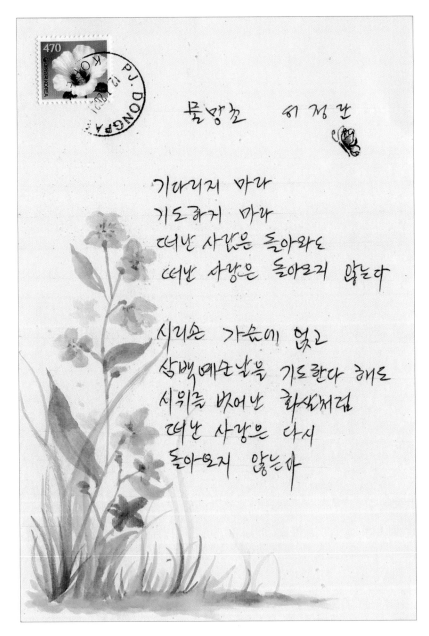

물망초   서정란

기다리지 마라
기도하지 마라
떠난 사람은 돌아와도
떠난 사랑은 돌아오지 않는다

시리손 가슴에 얹고
삼백예순날을 기도한다 해도
시위를 벗어난 화살처럼
떠난 사랑은 다시
돌아오지 않는다

꽃구름 카페   서 정란

벚나무 허공에다 꽃구름 카페를 열었습니다
밤에는 별빛이 내려와 시를 쓰고
낮에는 햇빛이 시를 읽는 허공카페입니다

곤줄박이며 콩새 방울새 박새 오목눈이까지
숲속 식솔들이 시를 읽고 가는가 하면
벌과 나비 바람꽃이 바람까지
시를 어루만지고 가는 꽃구름 카페입니다

서정춘 시인

서정춘(徐廷春) 시인 : 1941년 전남
순천 출생. 1968년 신아일보 신춘
문예 당선으로 시인으로 등단. 시집
으로 첫 시집 〈죽편〉 이후, 〈봄, 파
르티잔〉, 〈귀〉, 〈물방울은 즐겁다〉,
〈캘린더 호수〉 등을 출간했다.

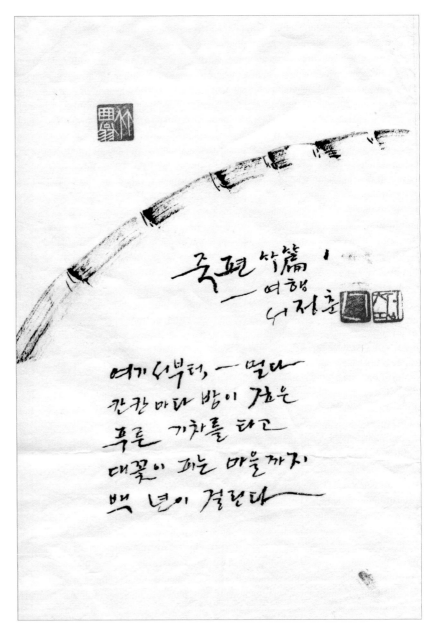

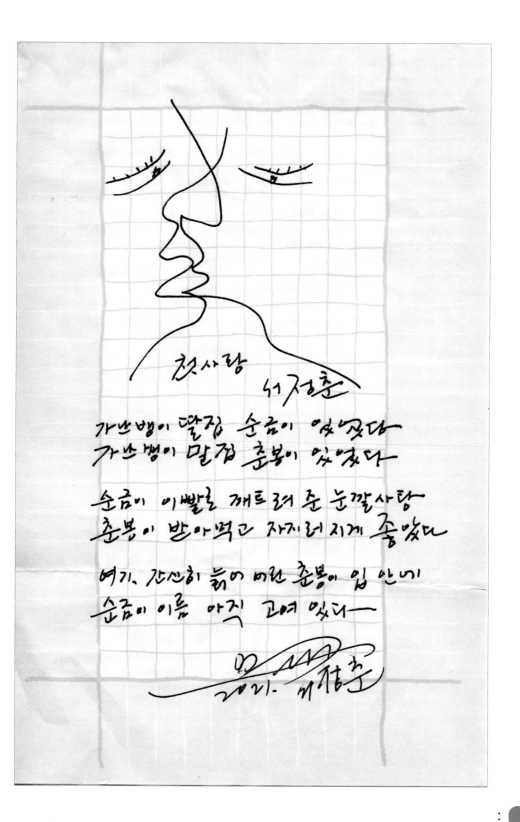

첫사랑

서정춘

가쁜 병이 달점 순금이 앓았다
가쁜 병이 달점 춘봉이 앓았다

순금이 이빨로 깨트려 준 눈깔사탕
춘봉이 받아먹고 자지러지게 좋았다

여기, 간신히 늙어 버린 춘봉이 입 안에
순금이 이름 아직 고여 있다—

2021. 서정춘

석희구 시인

석희구 시인 :
한국문인선교회 부회장
한국문학신문회 부회장
기독교헤럴드 논설위원
국민일보신춘문예 주관위원
활천문학회 편집장
경인신학교 교수

화접 (花蝶)

석희구 (石松)

어찌 이리도 우아한 자태일까!
고상한 향기 달콤한 꿀샘에
하얀 나비와 하얀 양귀비 꽃
하늘 뜻으로 목숨 걸었다

화접 (花蝶)의 인연
폭풍우 날에도 눈보라 날에도
하얀 색깔로 변함없이
하얀 나비 하얀꽃 살포시 엎혀
그 향기에 콧등 부비며
달콤한 꿀샘에 꿀침 박으니
화접의 앙상블이 아담락시아다

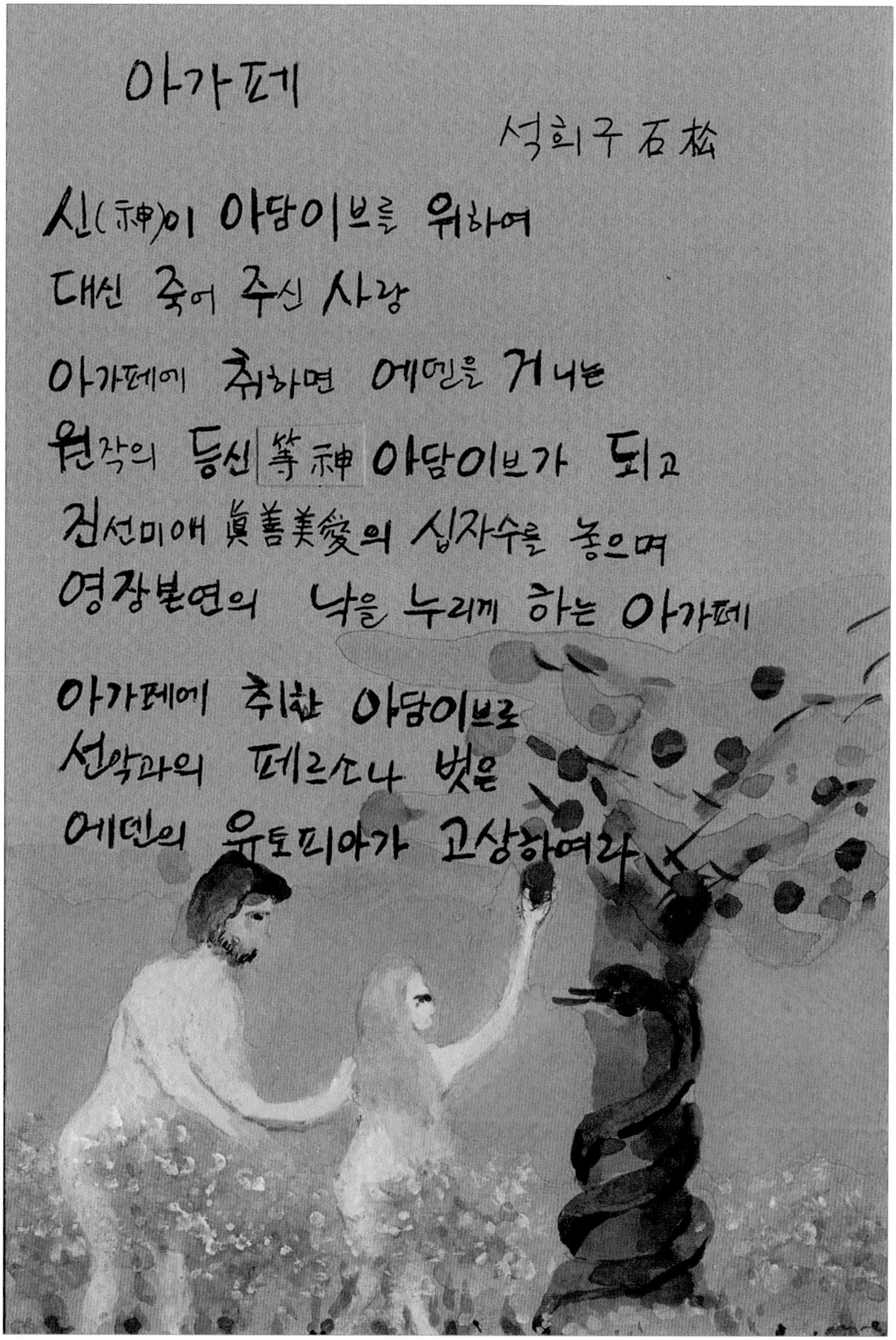

아가페

석희구 石松

신(神)이 아담이브를 위하여
대신 죽어 주신 사랑

아가페에 취하면 에덴을 거니는
원작의 등신 等神 아담이브가 되고
진선미애 眞善美愛의 십자수를 놓으며
영장불연의 낙을 누리게 하는 아가페

아가페에 취한 아담이브로
선악과의 페르소나 벗은
에덴의 유토피아가 고상하여라

소 풍 _{시 인}

소 풍 시인 : 본명 소흥섭
1959년 익산 출생.
2019년 『창조문예』에서 시인 등
단. 저서 <153일 인생을 걷다> (에
세이집 산지)

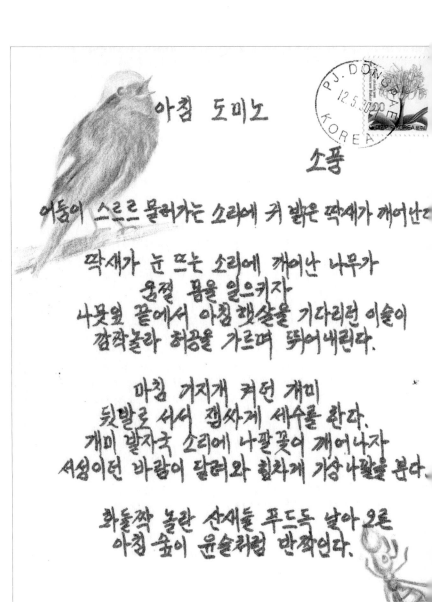

아침 도미노

소풍

어둠이 스르르 물러가는 소리에 귀 밝은 딱새가 깨어난다

딱새가 눈 뜨는 소리에 깨어난 나무가
온몸 몸을 일으키자
나뭇잎 끝에서 아침 햇살을 기다리던 이슬이
깜짝놀라 허공을 가르며 뛰어내린다.

마침 거지개 켜던 개미
뒷발로 서서 잽싸게 세수를 한다.
개미 발자국 소리에 나팔꽃이 깨어나자
서성이던 바람이 달려와 힘차게 기상 나팔을 분다.

화들짝 놀란 산새들 푸드득 날아오른
아침 숲이 윤슬처럼 반짝인다.

꽃 너는

소풍

꽃 너는 그러면 안 돼

일편단심 짝사랑 해왔는데
나만을 사랑하길 바랐는데
향기를 사방에 뿌리며
유혹하는 너에게 난 뭐야?

꽃 너는 그러면 안 돼.

아무에게나 방긋거리는 너를 보는
내 가슴을
헤아려보거나 했어?

꽃 너 후회할거야

내가 바람이 되어
네 향기 다 안고 가버릴거야

손수여 시 인

손수여(孫水如) 시인 : 문학박사.
『시세계』, 『한국시학』(제1호) 시,
『월간문학』 평론 등단.
2018년 펜문학상, 대구의 작가상,
2020년에 도동시비문학상 등 수상.
시집으로 〈설령 콩깍지가 끼어도 좋
다〉, 〈숨결 그 자취를 찾아서〉 등 7
권.
평론 〈매헌 윤봉길의 문학사적 위상
조명〉 외 다수.
한국문협 한국문화 선양위원장, 국
제펜 한국본부 이사, 대구펜 회장.

가 시 연

손 수 여

물은 연잎을 받치고
꽃은 세상을 밝힌다

연은 물에 살아도
물에 젖지 않는다

맑은 영혼도 그렇다
영혼처럼 맑은 너

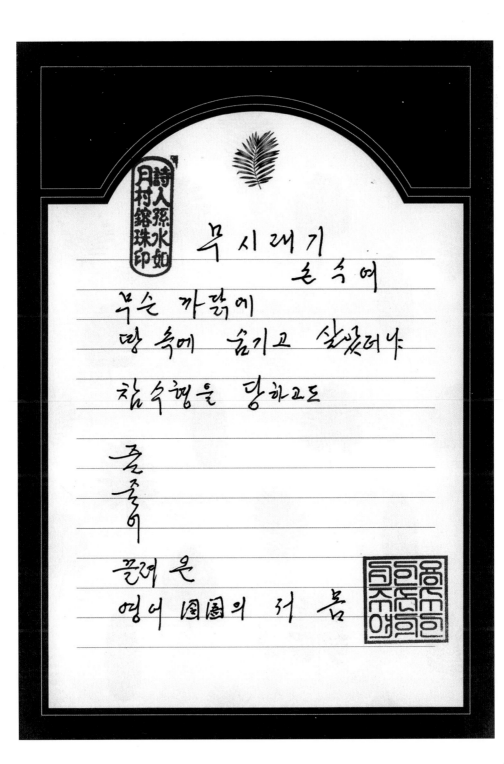

무 시 래 기
손 수 여

무슨 까닭에
땅 속에 숨기고 살겠더냐

참수형을 당하고도

줄
줄
여

끌려 온
영어 囹圄의 겨 울

송태한 시인

손태한 시인·서양화가 :
시집 <우레를 찾다>(2019), <퍼즐 맞추기>(2013), <2인시집>(1983) 등
한국문협문인저작권옹호위원, 국제펜한국본부 정보화위원 겸 이사,
연암문학예술상, 한국문학신문기성 문학상, 시와표현 기획시선 당선 등
이치저널 송태한의 시를 그리다 연재 중
구민신문 송태한의 시와 그림 연재 중

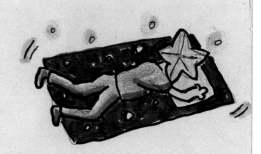

별이 눕다
송 태 한

눈가에 저렁거리는 그리움인가
가슴속 나풀대는 이름자든가
아득한 하늘 여울 따라
밤새 이는 바람 속 떠돌다
색색의 짙은 눈망울로
때로 스치듯 눈길 마주치다가
곤한 눈꺼풀 한 겹
게슴츠레 강 기슭에 내리깔고
부신 먼동에 몸 뒤척이며
새벽잠에 돌아눕는 이여

약 비

송 태 한

남산 턱 밑에서 땅끝 발목까지
모시 두어겹 두른 황사를 좇아

갈라진 저수지 등짝으로
숲의 쇄골 아래로

담뱃잎 토란잎 어르랴
흙밭 가슴에 안기랴

불면으로 탄 입술
그녀 속눈썹 위에 약비 내리다

송현자 화 가

송현자 화가 : 호 예가(藝家)
충남대학교를 졸업하고 '크레타 소
호'를 설립하여 유럽미술을 연구하
였다.
대전광역시미술대전 경인미술대전,
신사임당미술대전, 대한민국여성미
술대전 등에서 입상하였다.
2017년부터 프랑스의 아트샵핑에
참여하였다.
작가 송현자는 유럽미술과 한국미술
의 공통분모를 찾아 새로운 작품세
계를 찾아내어 새롭고 창의적인 작
품세계를 만들어가고 있다.
현재는 동양수묵연구원과 파인아트
멤버로 활동 중이다.

신경숙 시 인

신경숙 시인 : 1962년 당진 출생.
2002년 『지구문학』으로 등단.
제17회 서울시인상 수상.
현재 계간 『시와 산문』 주간.
시집으로 <비처럼 내리고 싶다>, <
남자의 방>이 있고 현재 <광화문>
동인으로 활동.

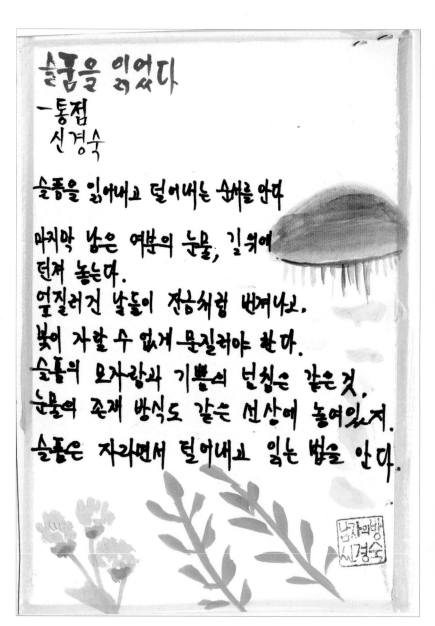

슬픔을 읽었다
- 통점
신경숙

슬픔을 읽어내고 덜어내는 순서를 안다

마지막 남은 여분의 눈물, 잎위에
던져 놓는다.
엎질러진 낱들이 잔금처럼 번져나고,
붓이 자랄 수 없게 문질러야 한다.
슬픔의 오자랑과 기쁨의 빈칸은 같은 것,
눈물의 존재 방식도 같은 선상에 놓여있지.
슬픔은 자라면서 덜어내고 읽는 법을 안다.

수면 위로 올라와
달항아리 안는다.

속시끄러운 편두통의 밤,

비린내 나는 사내를 안는다.

빈 뱃속을 술렁거리며

들락거리다 선반 위에서

환하게 웃고 있다.

신경숙 詩

달항아리
 — 우물 中

신석필 목조각가

신석필(申錫弼 1938~2012) 목조
각가 : 1963년 서울대학교 미술대
학 조소과 졸업, 1985년 단국대학
교 교육대학원 미술교육학 석사. 강
원대학교 사범대학 미술교육과 교수.
대한민국 미술대전 특선, 미술 협회
전 서울시장상 등 다수. 목조근정훈
장. 나무조각회 회원.

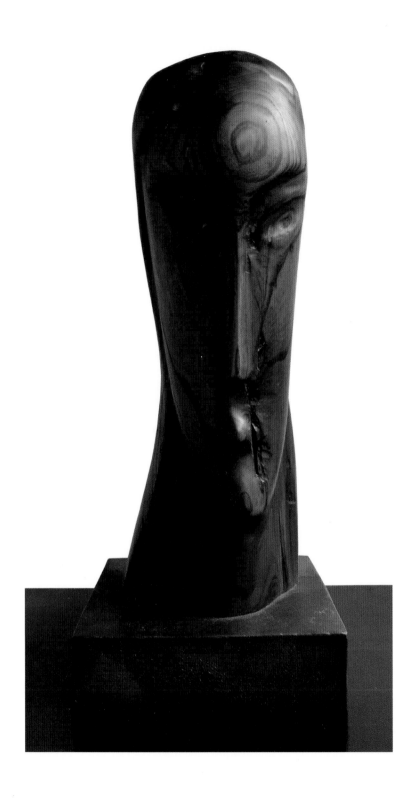

신영옥 시인

신영옥(申英玉) 시인 : 아동문학가, 가곡작사가로도 활동(호 惠山), 충북 괴산에서 출생. 청주교육대학과 한국방송통신대학교를 졸업하고 충북과 서울에서 40여년간 교육계에 근무하였다. 『문학과 의식』으로 등단, 시집, <오늘도 나를 부르는 소리>, <흙내음 그 흔적이>, <스스로 깊어지는 강> 등의 시집과 다수의 공동시집과, <그리움이 쌓이네>, <겨레여 영원하라>, <물보라> 등 70여곡의 가곡 CD와 교가, 군가 등을 작사하였다. 한국문협, 국제펜클럽, 현대시협, 크리스천문학회, 여성문학인회, 한국아동문학연구회, 가곡작사가협회, 시동인 등에서 활동 중이며, 국민훈장 동백장, 허난설헌문학상(4회), 영랑문학상(9회) 등 다수를 수상하였다.

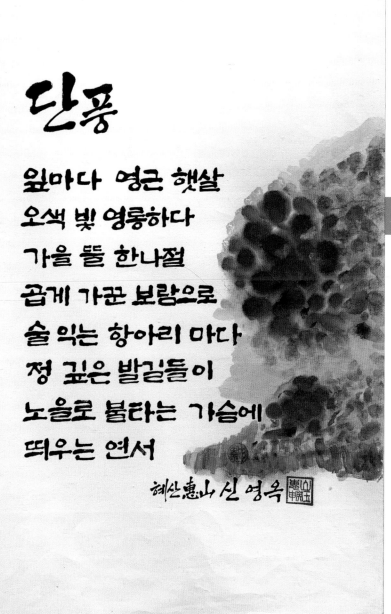

단풍

잎마다 영근 햇살
오색 빛 영롱하다
가을 뜰 한나절
곱게 가꾼 보람으로
술 익는 항아리 마다
정 깊은 발길들이
노을로 불타는 가슴에
띄우는 연서

혜산 惠山 신 영옥

심명숙 시 인

심명숙 시인 : 호는 청휘
시인, 여행작가
중국 염성사범대학 한국어 강사 역임
시집 2권, 세계여행작가협회 사무국장
계간 〈현대작가〉 편집국장
격월간 〈여행문화〉 편집국장

마음

심 명숙

강아랑같은 마음
아쉽게 저무는
일월을 갈아 놓고

나,

그곳에 앉아
사랑을 꿈꾸고
세상을 꿈꾼다

새벽이 올 때까지

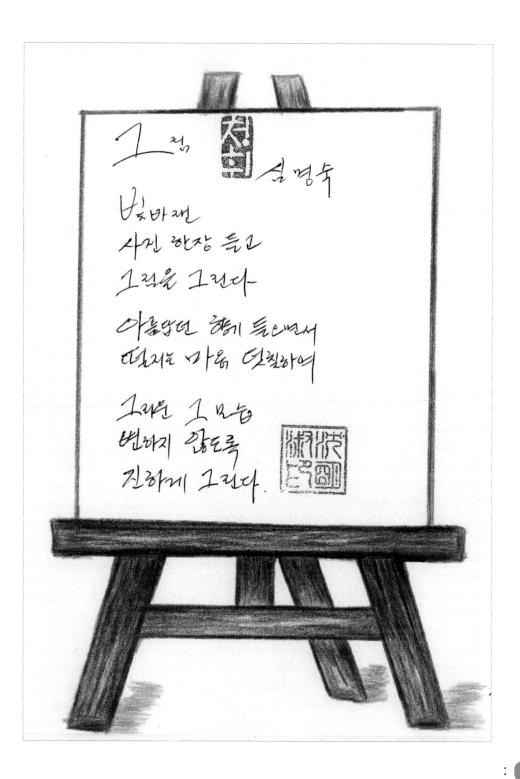

심선희 화가

심선희(沈善喜) 화가: 홍익대학교
미술대 서양화과 졸업, 홍익대학교
미술대학원 현대미술 최고위과정 수
료. 개인전 3회(토포하우스 갤러리,
서울 뉴 국제아트페어 시나프, 리더
스 수 갤러리 등). 해외초대전 프랑
스 한국문화원 및 다수. 1967 한국
청년작가 연립전 신전동인 최초의
헤프닝 참여(서울 중앙공보관). 홍익
여성화가협회 정기전(예술의 전당),
홍익67예도42년 정기전, 국립현대
미술관 한국현대미술의 전환과 역동
의 시대전 초대전 등. 현재 전업작가.
한국미협회원, 홍익여성화가협회원,
홍익67와우회회원, 양천미술협회회
원.

안귀선 시 인

안귀선 시인 화가 : 1962년 전북 남원 출생. 2001년 통일서예대전 특선, 경인미술대전 특, 입선. 여성미술대전 동상 등 수상. 2019년 <시와 늪>으로 시 등단. 각종 미술전시회, 시화전 등 다수 참가. 부천 미술협회, 부천 문인화회 회원.

선암사에는
원통전과
각황전 사이에
등굽은 매가 산다
제물이던가에
문양을 새기며
민장도 없이 몸밖에
버짐꽃을 적어낸다
선암매를 심었다

안귀선

자마구를 만나다
안귀선

여든 여덟번의
젖은 발길이
마른 바람이
너를 키웠다

자마구
너의 이름

미米 미米 미米

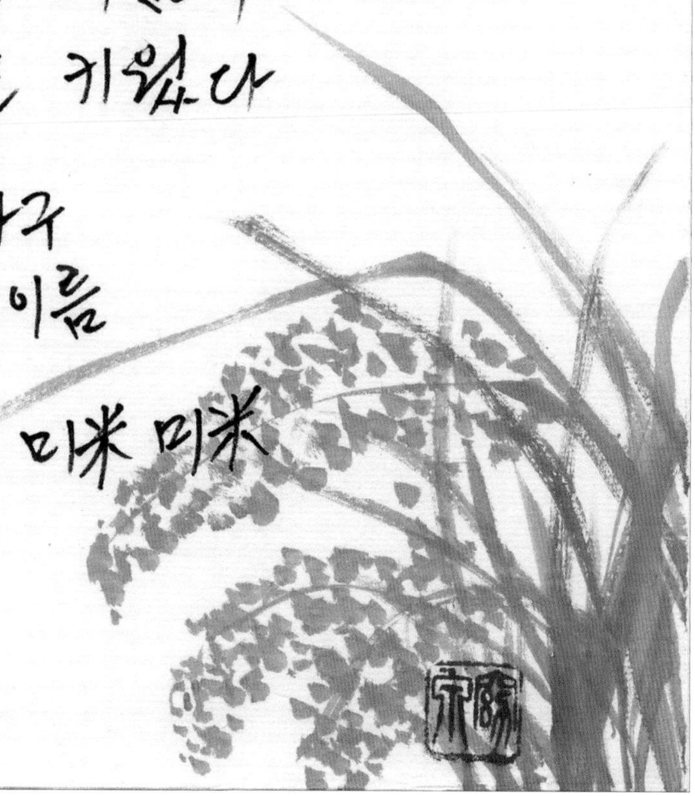

안봉옥 시 인

안봉옥 시인 :
1995년 『열린 문학』 시 등단. 한
국문인협회 시흥 지부장 역임, 예총
예술문화상 수상, 시흥 예술대상 수
상. 현재 예총 시흥 부지부장.
시집으로 <느티, 말을 걸어오다>가
있음.

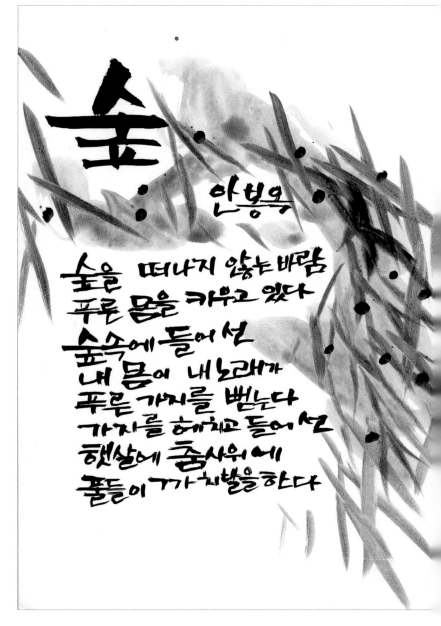

숲

안봉옥

숲을 떠나지 않는 바람
푸른 몸을 키우고 있다
숲속에 들어선
내 몸에 내 노래가
푸른 가지를 뻗는다
가지를 헤치고 들어선
햇살에 춤사위에
풀들이 키가치불을 한다

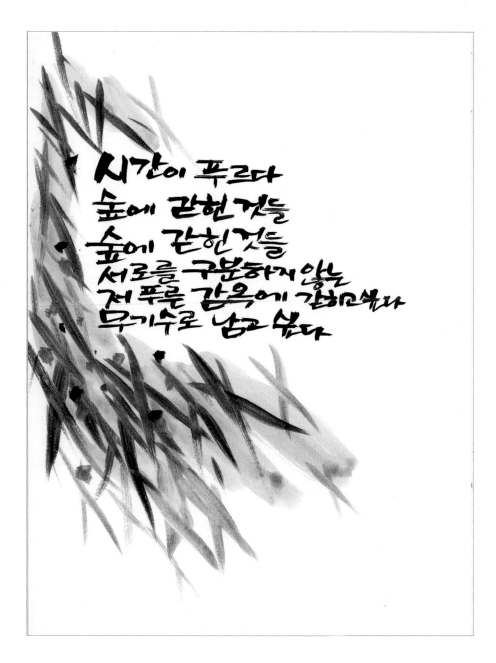

시간이 푸르다
숲에 갇힌 것들
숲에 갇힌 것들
서로를 구분하지 않는
저 푸른 감옥에 갇히고싶다
무기수로 남고 싶다

앙끌레 _{화 가}

앙끌레(Anne-Claire Beauvais)
프랑스 화가 : 프랑스의 소르본느에
서 미술 전공. 한국의 성균관 대학교
대학원에 교환학생으로 한국생활을
경험한 작가이다.
그는 2019년 프랑스의 루브르 까루
젤관에서 열리는 아트샵핑에서 개인
전을 가짐으로서 프랑스 화단에 관
심을 갖게 한 젊은 작가이다.

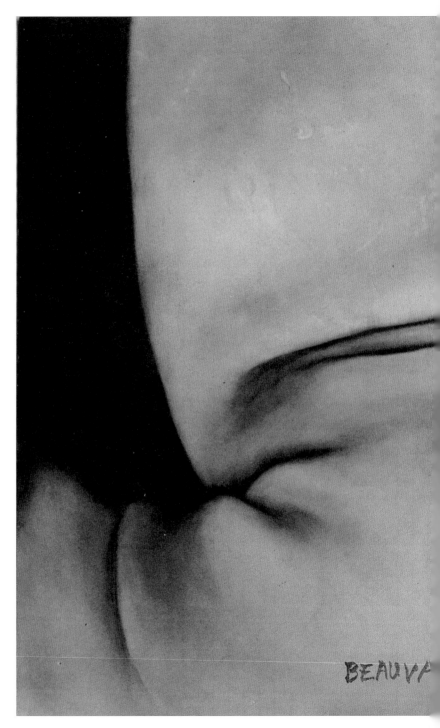

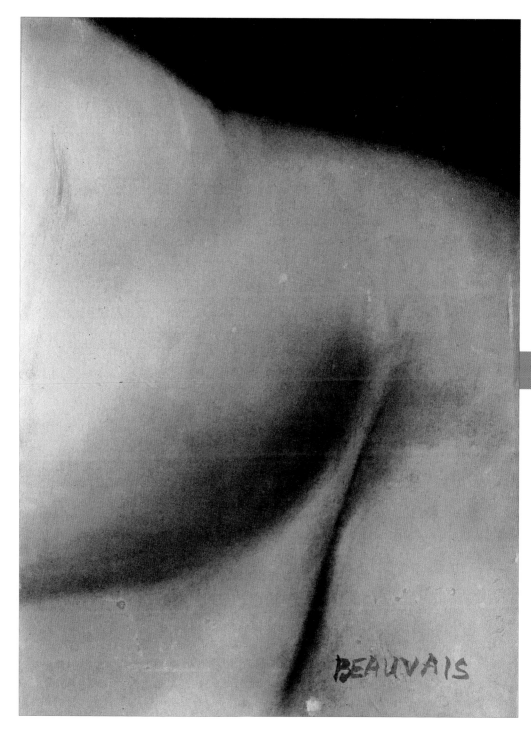

BEAUVAIS

엄순옥 화 가

엄순옥 화가 : 호 현강(玄江)
재불 화가로 프랑스에서 20년 이상
활동하고 있는 작가이다. 프랑스 국
립살롱전과 비엔나레 등에 참여하고
있는 작가는 2016년 프랑스 몽테
송 아트살롱전에서 시장상을 수상
하였다. 국내 활동에도 적극 참여하
여 대한민국여성미술대전, 경인미술
대전, 신사임당 미술대전 등에서 입
상하였다. 2014년에는 프랑스 루브
르 까루젤관에서 개인전을 가졌으며
2017년에는 서울 파인갤러리에서
개인전을 가진바 있다.

여서완 시 인

여서완 시인·소설가·여행작가 :
시집: 〈태양의 알〉, 〈영혼의 속살〉,
〈하늘 두레박〉, 〈사랑이 되자〉 외
현재 〈여행문화〉 기획위원, 조인컴
대표 컨설팅

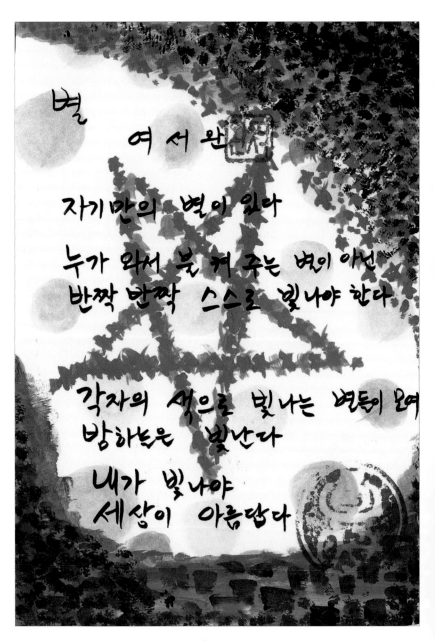

별

여 서 완

자기만의 별이 있다

누가 와서 불 켜 주는 별이 아닌
반짝 반짝 스스로 빛나야 한다

각자의 색으로 빛나는 별들이 모여
밤하늘은 빛난다

내가 빛나야
세상이 아름답다

자미성의 해바라기

여서완

아폴론 바라보다
2만
눈이 멀어진 꽃

당신만 바라보는
바라기

해바라기

커다란
태양의 안이

이 세상에 내려왔다

염은미 _{시 인}

염은미 시인 : 인천 출생.
『다온문예』로 등단.
한국바다문인협회 회원. 바다문협
사무국장. 공저로 <꽃이 진다구요>,
<우리를 위한 독백> 등.

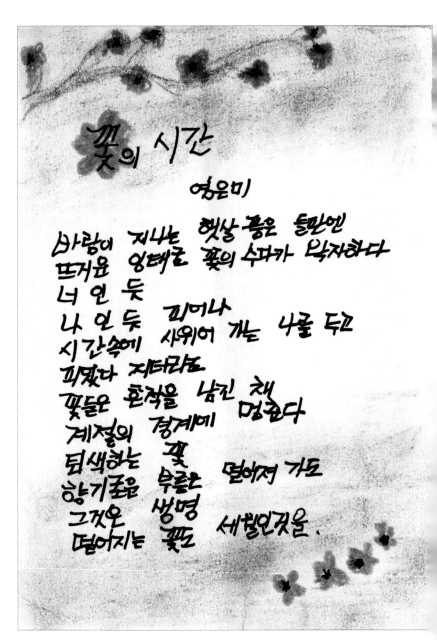

꽃의 시간

염은미

사랑이 지나는 햇살 좋은 들판엔
뜨거운 앙태로 꽃의 수다가 막자하다
너인 듯
나인 듯 피어나
시간속에 시위어 가는 나를 두고
피였다 지더라도
꽃들은 흔적을 남긴 채 멍쿤다
계절의 경계에
퇴색하는 꽃
향기좋은 무른은 떨어져 가도
그것은 생명
떨어지는 꽃도 세월인것을.

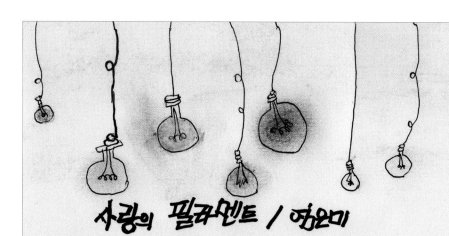

사랑의 필라멘트 / 정은미

오늘도 그네를 타는
빨간 전구에 촉이 매겨진다
30촉 60촉 90촉 밝아지는 사랑의 빛
전자렌지처럼 밖에서 보면
느낄 수 없는 온도
하지만 운명 더워져
꺼내어 안겨 안면 따뜻함을 알 수 있기에
온기는 눈으로 볼 수 없고
마음은 내어 놓아야 하는 것이다

그대여
거기 있으라.

오경자 _{시 인}

오경자 시인 :
국제펜 한국본부 부이사장
한국수필문학가협회 회장
월간 수필문학 편집위원
수필문학상 수상, 올해의 수필인상
등 다수 수상
아버지의 꿈 등 저서 다수

하늘이 뿌연건
봄의 첫인사 인가

아지랑이 긴 그 신작로
그 아스라함이 그립다

이런 봄도 몇번
만나려나!

2021. 3. 오 경자

자랑스러운 아이야

어찌 너뿐이겠니?
나라를 지키려고 기꺼이 모여든
자랑스러운 아이들, 아니 끌끌한
청년들은 쳐다보기도 아깝다.

군대에 갈 수 있는 튼튼한 몸으로
키라준 은혜에 감사드린다.
부디 무사히 잘 마치고 돌아
오려므나. 우리는 오직 기도만
으로 기다리련다. 2021. 봄날에
할미의 마음

오진환 시인

오진환 시인 :
2000년 3월 『문학21』로 등단
연세대학교 경영전문대학원 MBA
탐미문학상, 자랑스러운 서울시민
600인상(외 4건)
교육부장관상, 녹조근정훈장(대통령
2006, 8)
국제 PEN 한국 본부 이사, 세계시
문학회 회장 외(3곳)
저서: <까치밥으로 남긴 감 하나>
외 3권

초록빛 향기숲을 걷다

동녘하늘에 송송 피어오르는
구름사이로 불끈 솟아오른
저 태양은 누구의 얼굴일까요

오월의 풋풋한 향기와 바람이
씻기는 산길을 걸었지요

떡갈나무 소톤소 피어오르고
야생화 각양각양 너울거고
어디선가 들려오는
풍경소리
초록빛 향기 맡으며
숲을 걷지요

오진환

해뜰이

오진환

꿈길 따라
눈길 따라 천리길

밤기차 타고
정돈진의 해뜰이
긴긴밤 지새우며 꿈을 듬었지요

보는 태양보다 느끼는 해뜰이
앞산과 뒷산들의 꽃눈의 광경

바람과 함께 숲속을 달리며
먼 산의 흰 옷 입은
천사들을 보았지요

오혜숙 화 가

오혜숙 화가 :
수채화 개인전 2회. 라메르갤러리 초
대전, 루마니아 초대전, 홍익창작콘
서트전 외 다수. 제30회 대한민국
예술대전 특선 2020년 대한민국 수
채화 공모대전 대상. 한국미술협회,
수연회 회원.

HAE BOOK OH

오혜정 시인

오혜정 시인 :
2005년 <시와세계>로 등단.
문학박사. 한양대학교 출강

시의 굴성

오혜정

건조한 요일의 언어들은 비를 향해 방향을 튼다
어제와 다른 비가 내린다
낯선 요일은 젖은 문장들을 계속 만들어냈다

앙심에서 밀어버킨 말의 한쪽에
당신이라는 기호를 준다
'당신'이라는 기호의 인력이 너무 커서
늘 나의 말들은 당신의 방향으로 기울어진다

능어 없는 당신의 기억까지
시가 뿌리를 내린다

이(미)지를
갈아입는 窓

오혜정

청은, 소리를 갈아입는다

팽팽하게 당겨진 고양이 울음소리 가늘게 들어와 앙다문 세레나데의
전설같은 이야기들이 와성지에 전뜩 몽을 움크리고 있어요. 또 어떤 밤은
투명한 경계에 툭! 툭! 툭! 물방울들이 촉촉한 놀맞이의 리듬 소리로
가득 채우죠

청은, 이미지를 현상한다

네모난 틀 안으로 나뭇가지 실루엣이 하늘을 향해 뿌리를 내리면 나무의 꿈이
거꾸로 자라요. 문(Moon)이 열리고, 달을 상영 중이죠. 달빛은 안과 밖을
뒤집어 관객을 바꿔요. 어둠 속에서 드러나는 실루엣, 나는 스크린으로
들어가요. 뒤척뒤척 잠 못 이루는 소리에 방이 어둠을 벗어내고 나를
배경으로 갈아입어요

안과 밖을 바꾸는 창,
감각들로 가득 차다

우 정 연 _{시 인}

우정연 시인 : 전남 광양 출생
2013년 『불교문예』로 등단.
시집 <송광사 가는 길>, <자작나무
애인>(전남문화재단창작지원금)

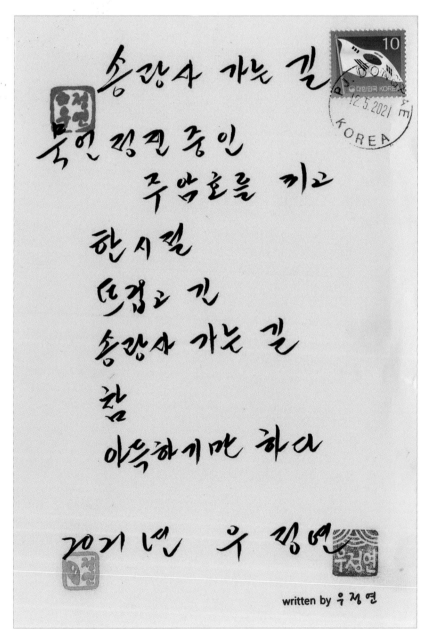

송광사 가는 길

묵언 정진 중인
　　주암호를 끼고

한 시절
뜨겁고 긴
송광사 가는 길
참
아득하기만 하다

2021년　우정연

written by 우정연

천 공

하늘 청청 고요한 밤
새들의 몸짓 주춤하는 사이

뜰 앞
조금씩 늙어가는 감나무
휘청휘청 마른 가지의
맑그레한 홍시 하나

툭,

2021년 우정연

우제길 _{화 가}

우제길(禹濟吉) 화가 : 1942년 일본 교토 출생. 1961년 광주 사범을 거쳐 광주대학교 산업디자인과 졸업, 1989년 전남대학교 교육대학원 졸업. 흔적을 다져가는 화업의 열정은 국내외 각종 전시회에 700여 회 출품. 2004년에는 광주에 우제길 미술관을 개관했다. 2003년에는 예총문화상 대상과 광주시민대상을, 2004년에는 옥관문화훈장을 받았다. 2018년 국립아시아 문화전당 개인전 초대, 2019년 제18회 문신미술상 수상.

유 선 희 시 인

유선희 시인 :
2016. 가을호 창조문학 제100회 신
인문학상 수상, 등단
2018. 6. 한국문인협회(시인) 회원
2018. 8. 한국미술협회(서양화), 양
천미술협회 회원
서울시 성북구청, 양천구청 근무,
2017 퇴직
복지행정학 석사
행복여는교회 김근호 목사의 아내,
1남1녀

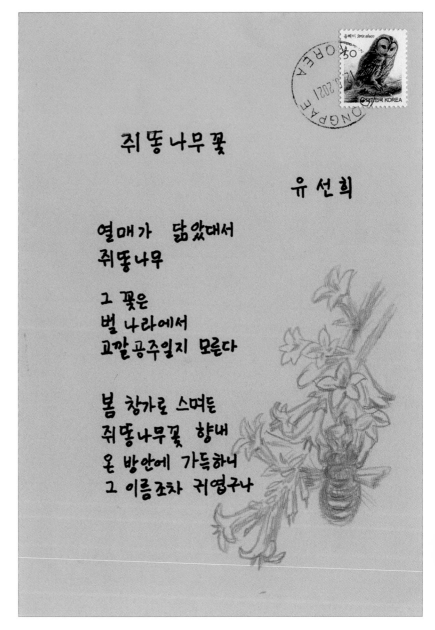

쥐똥나무꽃

유 선 희

열매가 닮았대서
쥐똥나무

그 꽃은
별 나라에서
고깔공주일지 모른다

봄 창가로 스며든
쥐똥나무꽃 향내
온 방안에 가득하니
그 이름조차 귀엽구나

신두리 해안사구

유선희

모래야
바람 사랑
얼마나 깊었기에
이리 고운 가루 되었더냐

바람소리에
네 몸 그리 가벼워지도록
그리웠더냐

바람과 휘몰아쳐
물결진 그 언덕에서
네 사랑의 정표를 읽는다

유 성 봉 _{시 인}

유성봉(劉成峯) 시인 : 1939년생. 동아대학교 졸업. <한국불교문학>으로 시인 등단. 모범공무원 국무총리상 수상, 국가공무원 정년퇴임. 제2회 통일문학 축전(2016) 노인 백일장 장원. 세계여행작가협회 회원.

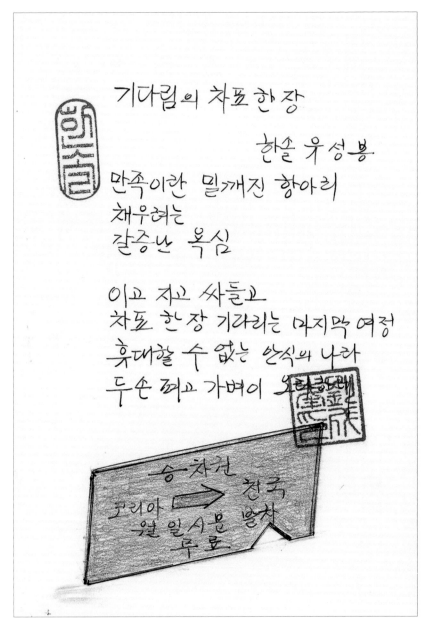

기다림의 차표 한 장

한솔 우성봉

만족이란 밑깨진 항아리
채우려는
갈증난 욕심

이고 지고 싸들고
차표 한 장 기다리는 마지막 여정
휴대할 수 없는 안식의 나라
두 손 쥐고 가벼이 오리랑도에

미들의 조화

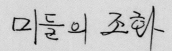

한솔 우성봉

삶이란 일하는 것이고
일하는데는 능률이 따라야 하고
능률은 재미가 있어야 하거늘

매미는 시원하게 노래부르고
개미는 즐겁게 일하니
재미가 그속에 솔솔

유성숙_{화 가}

유성숙 화가 :
1950년 강원도 강릉 출생. 1973년
홍익대학교 서양화과 졸업.
개인전과 국내외 초대전 다수. 화집
으로 서문당 발행 <아르 코스모스
유성숙> 등이 있음.

향기로 피어나다

향기로 피어나다

윤옥주 시인

윤옥주 시인 : 전북 정읍출생.
2012년 『발견』으로 등단.
시집 <젖은 맨발이 있는 밤>이 있
다.
제 7회 발견작품상을 받았다.

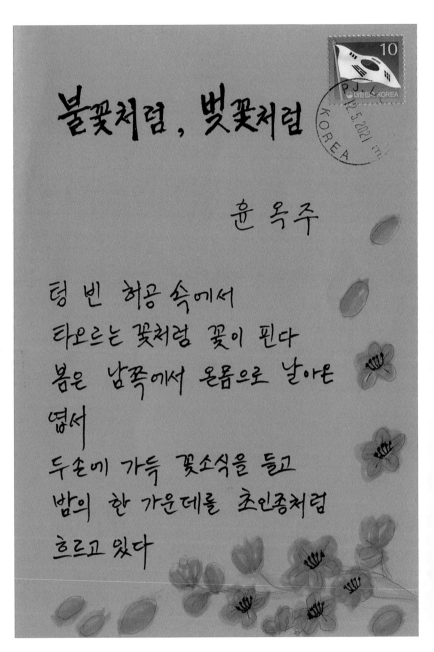

불꽃처럼, 벚꽃처럼

윤 옥주

텅 빈 허공 속에서
타오르는 꽃처럼 꽃이 핀다
봄은 남쪽에서 온몸으로 날아온
엽서
두손에 가득 꽃소식을 들고
밤의 한 가운데를 초인종처럼
흐르고 있다

새의 발자국을 따라 내리는 비

윤 옥 주

꽃, 사이
너는 몇 번의 이사를 했고
나는 서랍에 갇혔다

서랍 안은 고요하다 몇 개의 숫자와 시계
나는 희미해진 서랍 안에서 빈손을 움켜쥔다
갈대숲이나 나뭇잎 같은 적막을 꺼내
편지처럼 읽었다

밤마다 새의 부리가 구름을 쪼는 것을 느낀다
그때마다 미열이 일었다 어느 날은
구름까지 걸어가 본다 구름에서 첫 사랑이
쏟아진다

윤 효 _{시 인}

윤 효 시인 : 1956년 충남 논산에서
태어나 1984년 미당 서정주 시인의
추천으로 『현대문학』을 통해 작품
활동을 시작했다.

본명은 창식(昶植). <물결>, <얼음
새꽃>, <햇살방석>, <참말>, <배꼽>
등의 시집과 시선집 <언어경제학서
설>을 내는 동안 제16회 편운문학
상 우수상, 제7회 영랑시문학상 우
수상, 제1회 풀꽃문학상, 제31회 동
국문학상, 제13회 충남시협상, 제19
회 유심작품상 등을 받았다. 짧은
시를 통해 시의 진면목과 마주서고
자 하는 <작은 詩앗·채송화> 동인
으로 활동하고 있다.

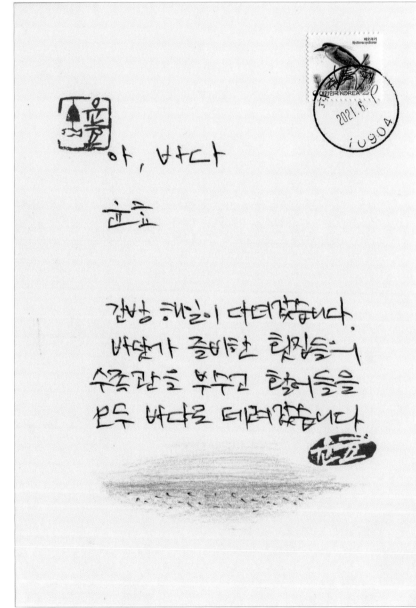

아, 바다

윤효

간밤 해일이 다녀갔습니다.
바닷가 즐비한 횟집들의
수족관을 부수고 횟감들을
모두 바다로 데려갔습니다

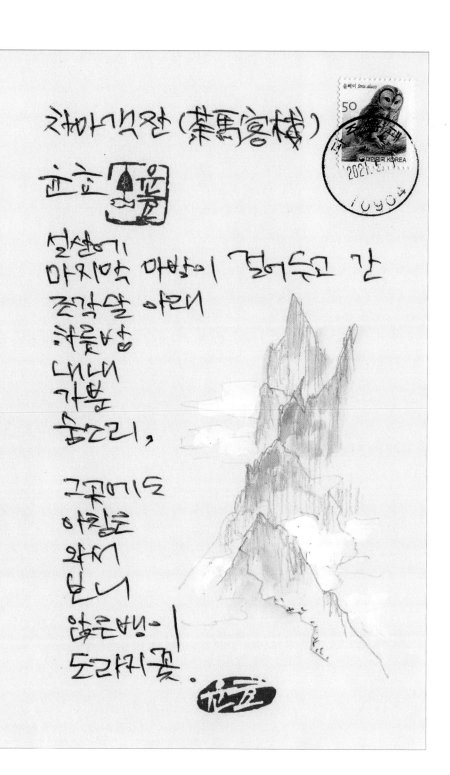

차마객잔 (茶馬客棧)

설산이
마지막 마방이 넘어두고 간
짐짝을 아래
겨울밤
내내
가붕
울음리,

그곳에도
아침은
와서
보니
앉은뱅이
도라지꽃.

이경미 화 가

이경미 화가 : 호 지원(志園)

충남대학교를 졸업하고 목원대학교
에서 전통산수를 연구한 작가로 주
로 대둔산을 그리고 있는 대둔산의
작가이다. 작업실도 대둔산에 있으
며 그림 속에서는 강력한 대둔산 기
암의 정기를 느낄 수 있다.

그는 대한민국여성미술대전, 대한민
국힐링미술대전, 신사임당 미술대전,
경인미술대전 등에서 입상하였다.
작가 이경미는 전통산수의 작품들로
프랑스 루브르 까루젤관에서 개인
전을 가져 한국미술의 서정성을 선
보이기도 하였으며 여러 차례 프랑
스 아트샵핑에 참여하였다. 현재는
동양수묵연구원과 파인아트 멤버로
활동하고 있다.

이경자 _화 가

이경자 화가 :
2007년 세계평화 미술대전 특선,
2008년 근로자 예술제 문학상 수
상, 2009년 세계평화대전 특선,
2017년 독도 문예대전 우수상 수
상.
2011~2017년 한국수채화 페스티
벌 출품.
한국 미술협회, 수연회 회원.

KYUNG JA LEE

이길원 시 인

이길원 시인 : 국제PEN 세계본부
이사. 국제PEN 한국본부 이사장 역
임. 망명북한작가PEN 고문. 문학의
집 이사. <문학과 창작> <미네르바>
편집 고문
저서 : <하회탈 자화상>, <은행 몇
알에 대한 명상>, <계란껍질에 앉아
서>, <어느 아침 나무가 되어>, <헤
이리 시편>, <노을>, <가면>, <감옥
의 문은 밖에서만 열 수 있다.>, <시
쓰기의 실제와 이론> 외
영역시집 <Poems of Lee Gil-
Won>, <Sunset glow> <Mask>
< The Prison Door can only be
Opened from outside.>
불역시집<La riviere du
crepuscule> 헝거리역 시집
<Napfenypalast>
수상 : 대한민국 문화예술상. 서울시
문화상. 천상병 시상. 윤동주 문학
상. 시인들이 뽑은 시인상. 대한민국
기독문학 대상 외

물은 물이다
　　　　이길원

물이야
어느 그릇에 담아도 물

주전자 대접 컵 양푼이
도자기나 사발에 담아도 물은
물이다

종교도 그렇다

그런데 사람들은
제 그릇만 예쁘다고 한다

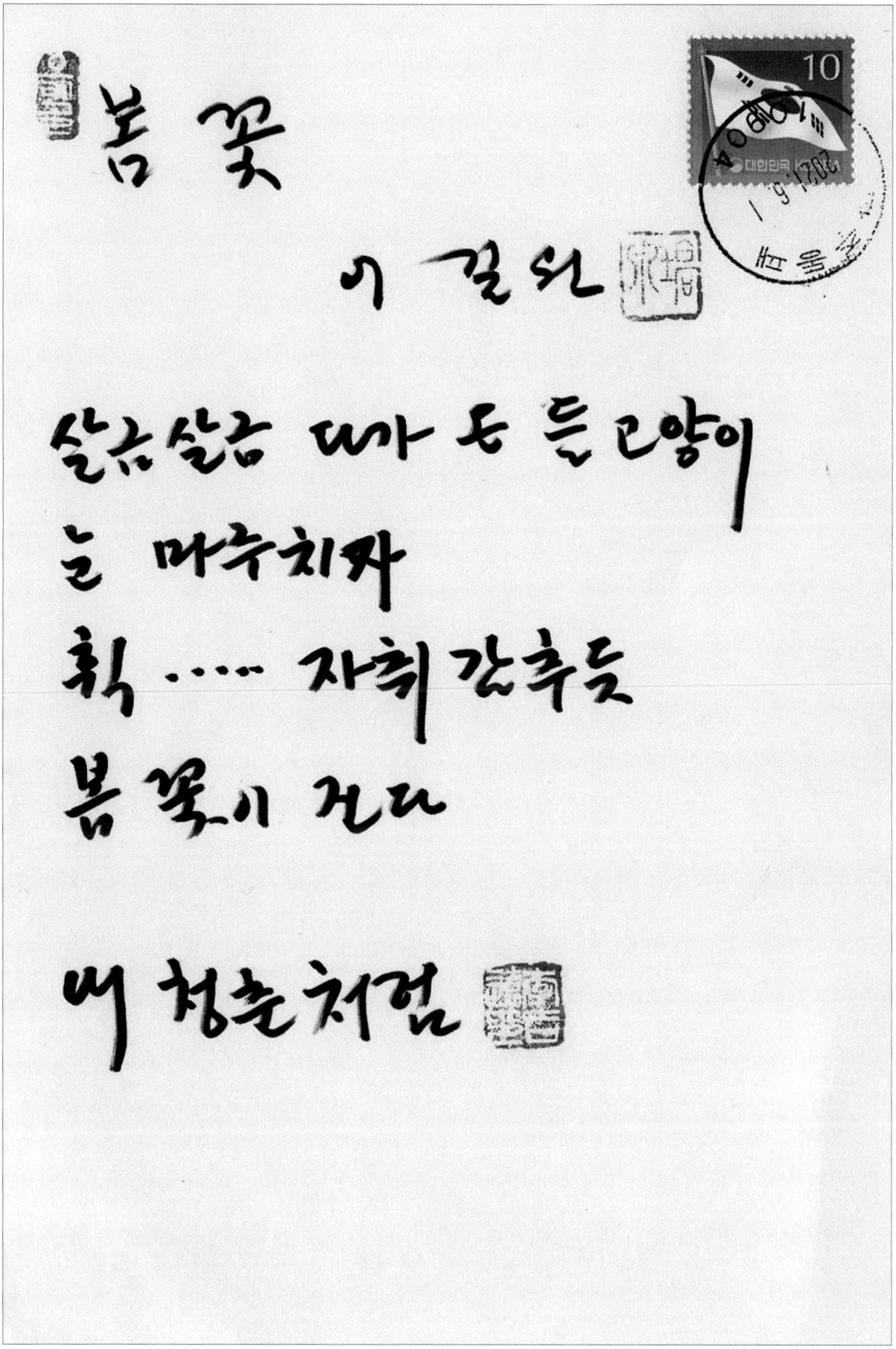

봄 꽃

이 걸인

살금살금 다가 든 모양이
는 마주치자
新 ····· 자취 감추듯
봄꽃이 진다

내 청춘처럼

이난혁 시 인

이난혁 시인 :
한국문인협회 종로지부 회원
국제펜클럽 한국본부 회원
문학신문, 창작문학, 종로 문학, 한국
현대작가, 시와함께 회원
연애정보신문 칼럼니스트 역임
실버건강신문 NGO 역임, 실버넷 뉴
수 기자

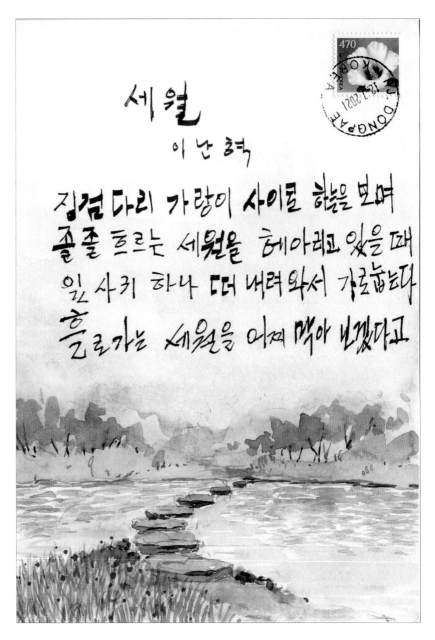

세월

이 난 혁

징검 다리 가랑이 사이로 하늘을 보며
졸졸 흐르는 세월을 헤아리고 있을 때
잎 사귀 하나 더 내려 와서 가로눕는다
흐르가는 세월을 어찌 막아 보겠다고

백 운 봉

이 난 혁

옹 몸산 발치에 고깔쓰고 덩그러니
파계승의 고뇌일까 남한강에
몸 던주고 장삼 자락에 번뇌를
신어서 빈 하늘에 뿌리며 춤을 춘다
승무를 춘다 뇌 천 내내 승무를 춘다

이 동 식 화 가

이동식(李東拭) 화가 : 호는 청사
(靑史). 서라벌예술대학과 고려대학
교 대학원 졸업. 대한민국 미술대전,
신미술대전, 한국현대미술 대상전
등의 심사위원 역임. 한국미술협회
회원, '동경 미술' 전속 작가. 연세대
학, 경희대학, 객원 교수 역임. 2009
년 뉴욕세계미술대전 세계평화를 위
한 UN기념관 초대작가. 2003년, 오
늘의 미술가상 수상.
저서 〈이동식 풍속화〉 1, 2(서문당,
2005)

장엄한 광채 해달의
여의주를 찾아서
青虫
LEE DONG SIK

이목연 _{시 인}

이목연 시인 :
1998년 『한국소설』등단.
소설집 <로메슈제의 향기>, <꽁치를
굽다>, <맨발>, <햇빛더하기>가 있
음.
김유정소설문학상, 인천문학상, 한국
소설가상 수상.

말해야 할 때
말하고
말하지 말아야 할 때
말하지 마라

-물꽃-

이 목연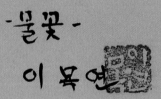

물 속에 빠진 별들이
잠든 잉어를 깨우고
소나무가 모르는 척 헛기침을 하는 밤

언젠가 이렇게 당신을 보낸 것처럼
이제 당신을 보내려 한다.

당신이 가는 곳과
내가 낳을 세상의 갈림길인
이 석탑 앞에서……

    ─향디 라는 동안
      이목연

이상미 _{시 인}

이상미 시인·동화작가: 1959년 강원도 원주 출생.
한양대학교 특수대학원에서 문화콘텐츠학과 졸업, 애니메이션 배경화가, 한국애니메이션예술인협회 이사, 2018년 고양작가회의 <작가연대>에 <가마수레자전거>로 동화작가 활동, 2020년 『착각의 시학』에서 시인으로 등단.

으름덩굴 아래 들 마루에 앉아서

살며시 눈을 감는다
봄날의 화사한 햇살,
눈꺼풀을 지나 동공에 와 닿고
귓 가에 앵앵거리는 소란스러운 작은 소리,
내 귀를 쫑긋하게 한다.
살랑살랑 부는 바람,
  머리카락과 얇아진 옷자락을 가볍게 흔들며 살에 닿고
온 마당을 헤집고는 꽃향기,
  코안에 들어와 나를 취하게 한다.

아! 이런 황홀경에 사는
신선이 부럽지 않구나.

이 상 미 ⑩
2021. 02. 10

찔레의 생애

봄마다 여린 줄기 힘있게 뻗어나며
작은 잎 풍성하게 자라는 사이마다
새하얀 얼굴 꾸미는 어여쁜 찔레꽃

양지 볕 어디라도 화사한 햇살 받고
청순한 사랑 품어 고운 꽃 소담한 꽃
나비랑 벌이랑 같이 꽃술 잔치 연다네

꽃 잔치 끝낸 다음 잉태한 아가씨는
뾰족한 가시 돋은 줄기로 보호하여
예쁘게 키워낸다네, 붉고 둥근 열매로

앙상한 가지 위의 구슬 같은 빨간 열매
한 개를 새가 먹고 단단한 씨앗 떨구면
새 생을 뿌리내리네, 떨어진 땅 곳곳에

이 상미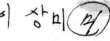

2021. 02. 10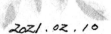

이상은 시 인

이상은 시인 :
2012년 『문학과 의식』 등단.
시집 <어느 소시오패스의 수면법>
이 있음.

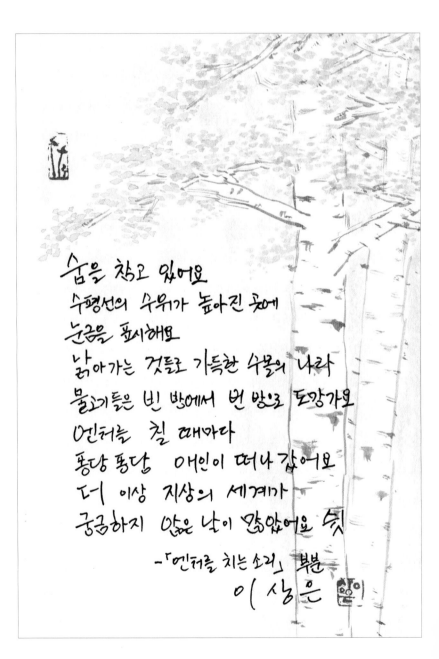

숨을 참고 있어요
수평선의 수위가 높아진 곳에
눈금을 표시해요
낡아가는 것들로 가득한 수몰의 나라
물고기들은 빈 방에서 빈 방으로 도망가요
언더를 칠 때마다
퐁당 퐁당 애인이 떠나 갔어요
더 이상 지상의 세계가
궁금하지 않은 날이 많았어요 쉿

-「언더를 치는 소리」 부분

이 상 은

마술사는 마술봉으로 공중에 동그라미를 그렸다.
그리고 흰 손수건으로 바람을 만들어 관객을
향해 던졌다. 흰. 손수건은 사라지고
무대 반대편으로 비둘기가 날아갔다.
어디로 갔을까.

　　　　　　―「반대편」부분　　이상봉 아

이서지 화가

이서지 (李瑞之:1934~2011) 화가 : 청주 출생. 2004년 과천시에 선바위 미술관 설립.
1972년 제1회 이서지 풍속화전(신세계 화랑)을 시작으로 2008년 상 갤러리 초대전에 이르기까지 개인전, 초대전, 기획전 등 국내외에서 30여 회의 전시회를 가졌다.

저서로는 1984년 이서지 풍속화집 (1,2권 발간), 1993년 이서지 풍속화집(대형화집) 발간, 1997년 <이서지풍속화집>(서문문고 발간), 2001년 <사라져가는 세시풍속>, <개똥참외>(두산동아), 2001년 <정겨운 시절 이야기>, 2005년 <어머니>, 2006년 <새벽길> 등이 있다.

이 승 예 _{시 인}

이승예 시인 :
2015년 『발견』 등단.
시집 <나이스 데이>, <언제 밥이나
한 번 먹어요>가 있다.
2020년 김광협 문학상을 받았다.

깨백쟁이 친구가 말했다

늘 아버지는 늘 엄니를 너무
사랑 하셔서 늘 있은 효자
다 하셨자   아!
아버지가 엄니를 너무 사랑하셔서
땅이 앉았구나 !

이 승 예

젖
가
슴

땅속 흙 가우스
건물재 위걸 쌘 주 사이로
배꼽까지 늘어진
젖가슴
기기 픈 슬픔이
죽은 웅덩아가 고여

ᄉ ᅵ 슴여

이 애 정 _{시 인}

이애정 시인 :
『문학시대』등단
수상: 문체부장관상, 현재, 국제펜한
국본부 사무차장
시집: <다른 쪽의 그대>, <이 시대의
사랑법>

따라나선다고 함께 하는 건 아니었지

묻는다고 잊혀지는 건 더욱 아니었지

세월의 흔들 뒤에 찾은

마지막 말

침묵으로 울라

이 애정

제 자리 걷기

여름은 열대야를 죽었고
약속은 미련만 남겼다

잰걸음으로 돌아서는
제자리 걷기

비워도 채워지지 않는
내 기억의 창고는   넘치고

이 여경

외로움을 안들 뿐이지만
사막은 차라리 지연한 삶

257

이영신 _{시 인}

이영신 시인 : 충남 금산 출생
덕성여자대학교 도서관학과
성균관대학교 대학원 유교경전·한
국사상 전공
1991년 『현대시』 신인상, 1998년
문예진흥원 창작지원금 수혜, 2009
년 한국시문학상 수상
『향가시회』 동인
시집: <망미리에서>, <죽청리 흰 염
소>, <부처님 소나무>, <천장지구
>, <저 별들의 시집>, <오방색, 주역
시, <시간의 만화경>

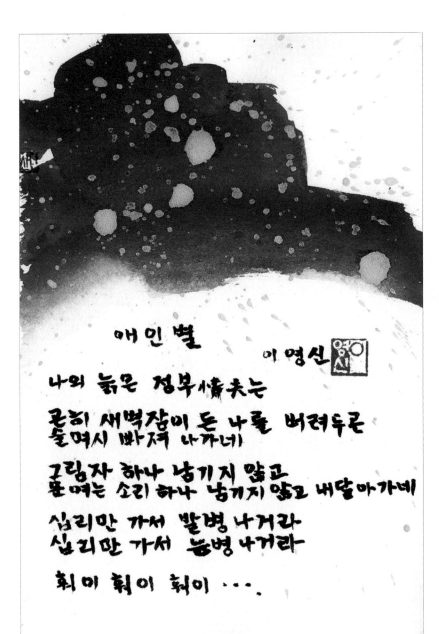

품격

이영신

찻물 끓이는 구리 주전자. 눅눅한
세상 바깥에 몇 날을 버려 두었더니
푸른 진물을 뽑아내어 제 몸에
바르고 있었다.

제 몸으로
자기 스스로를
끌어 안고 있었다.

이옥남 화가

이옥남 화가 : 호 소연(笑蓮)
고려대학교를 졸업하고 동양수묵연
구원에서 한국화를 연구하였다.
프랑스 아크샵핑을 통하여 2회의 개
인전을 루브르 까루젤관에서 갖은
바 있다. 프랑스 몽테송아트살롱전
과 아트샵핑에 참여하였다.
세계평화미술대전에서 특선과 입선
을 하였고 대한민국여성미술대전에
서 입상하였다. 그의 작품세계는 한
국화의 전통을 강조하는 수묵의 발
묵법을 활용한 채색화를 그리고 있
다.
현재 동양수묵연구원과 파인아트 멤
버로 활동 중이다.

O.N. Lee

이우림 시 인

이우림 시인 : 고양시문인협회장, 경의선문학회, 국제문화예술창작협의회 부회장
마루시, 벼루시, 시금석 동인. 고양의정소식지 편집위원.
한자,한문지도사. 글쓰기 강사.
시집 <봉숭아꽃과 아주까리>, <상형문자로 걷다>, <뼈만 있는 개>

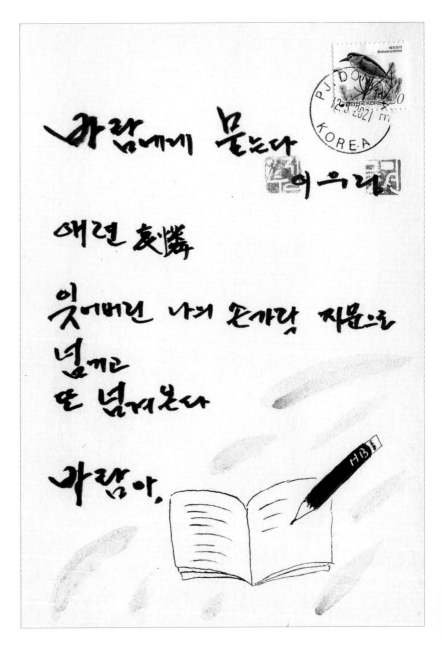

바람에게 묻는다
이 우 림

애련 哀憐

잊어버린 나의 손가락 지문으로
넘기고
또 넘겨본다

바람아,

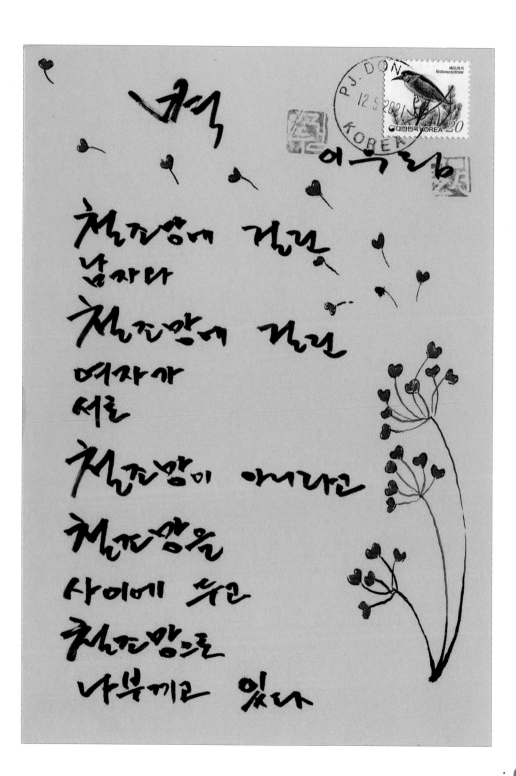

책

어우름

책장에 걸린
남자다
책장안에 걸린
여자가
서로
책장만이 어디라고
책장만을
사이에 두고
책장망로
나부끼고 있다

이은숙 시인

이은숙 시인 : 서울 출생.
2017년 계간 『시와 산문』 신인 문
학상으로 등단.
현재 <기독교 개혁신보사> 객원 기
자. 『시와 산문』 편집 차장.

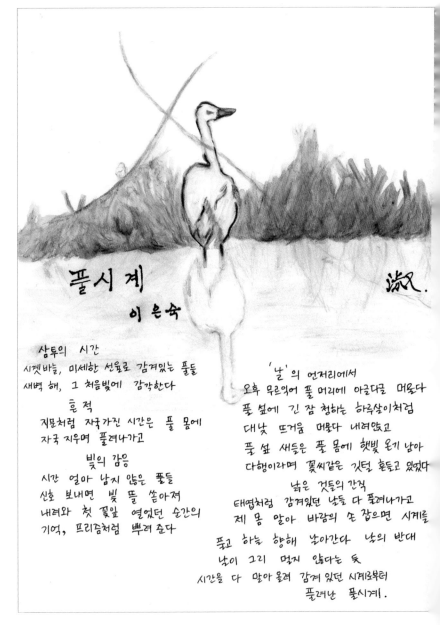

풀시계

이은숙

삼투의 시간
시곗바늘, 미세한 선율로 감겨있는 풀들
새벽 해, 그 처음빛에 감각한다

흔적
지문처럼 자국 가진 시간은 풀 몸에
자국 지우며 풀려나가고

빛의 감응
시간 얼아 남지 않은 풀들
신호 보내면 빛 뜰 쏟아져
내려와 첫 꽃잎 열었던 순간의
기억, 프리즘처럼 뿌려 준다

'날'의 언저리에서
오후 무르익어 풀 머리에 아글다글 머물다
풀 섶에 긴 잠 청하는 하루살이처럼
대낮 뜨거움 머물다 내려앉고
풀 섶 새들은 풀 몸에 햇빛 온기 남아
다행이라며 꽃씨같은 것털 훑도고 있었다

낡은 것들의 간직
태엽처럼 감겨있던 날들 다 풀려나가고
제 몸 알아 바람의 손 잡으면 시계를
풀고 하늘 향해 날아간다 날의 반대
날이 그리 멀지 않다는 듯
시간을 다 말아 올려 감겨 있던 시계로부터
풀려난 풀시계.

그 길과 관계 맺고 있었던 것들

이 은 숙

홀로 구획된 곳에서 닮아지고 있다는 건 편견이다
언덕진 미열의 이마 겊고 가는 햇살, 길 옆에는 물빛 섬세한 전율
오리 주위 맴돌며 누군가에게서 떨어진 시선 주워먹는 햇살
고대로부터 불어오던 주름진 바람의 얼굴이 비치고 있다
얼굴 씻고 나온 바람, 고기작 거리는 나뭇가지 사이에서

　　" 사람 찾음. 제가 쓰러졌을 때 일으켜주시고 사탕을 주신분"
　　　010 - 000 - 0000

밝아지는 아침공기 속 눅눅한 골목 구석진 곳곳이 조금씩 데워지는 내음,
고기작 고기작 버무려지고 있었다

이은희 화 가

이은희 화가 :
한남대학교 미술교육과 서양화 전공
2016년 대한민국 미술대전 특선
2018년 프랑스 파리 개인전
지역작가전 수회 / 지역개인전 9회
현) 아산예총 감사

이이향 시인

이이향 시인 : 1967 여수출생
2016 계간지 『발견』등단.
2020 엔솔로지 <목이 긴 이별>공저
2010 여성조선문학상 대상 수상.
2020 발견 작품상 수상

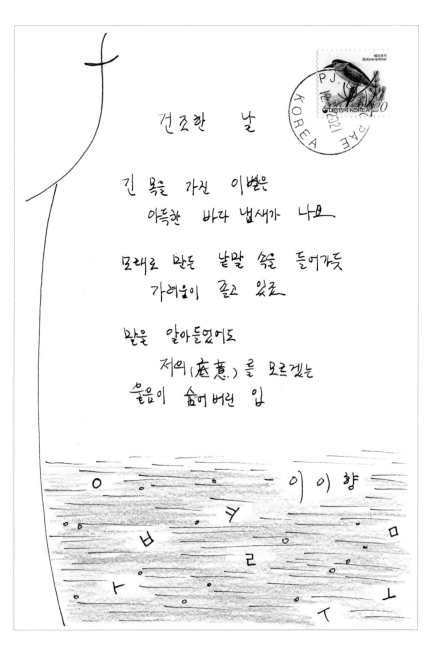

건조한 날

긴 목을 가진 이별은
아득한 바다 냄새가 나요

모래로 만든 낱말 속을 들어가듯
가려움이 졸고 있죠

말을 알아들었어도
저의(底意)를 모르겠는
울음이 숨어버린 입

이이향

숲에 두다

장마에 봇물 터지듯 울컥
목을 꺾는 너라는 날개
2 걸음 따라 침엽, 바람은 따라서 활엽

웅덩샘에 모여든 숲소리가 아직 그대로이네
오리의 뒤꿈치를
처음으로 찬찬히 본다

도망치고 싶은 것들은
왜 모두 숲으로 오는지

— 이이향

이이화 _{화 가}

이이화(李梨花) 화가 :
2008년 인천 한마당 축제 출품을
시작으로 한국 수채화 페스티벌,
2015~2020년 한중일 수채화 교류
전과 2021년 수채화 아카데미 수연
전 참가.

2021 01 01 환

이자운 시 인

이자운 시인 :
숙명여대 국어국문학과 졸업, 서강
대 국제평생대학원 교수요원교육과
정 이수
한국 기독 한문학회 성경한자 교육
사 연수 수료, 한국문인협회 회원,
한국 기독교 총연합회 한국문인선교
회 부회장(전), 상록수문학회 시낭
송회 회장(전)
자작시 낭송 1시집 : <시와 삶의 노
래>, 자작시 낭송 2시집 <동해의 마
침표 내사랑 독도>, 자작시 낭송 영
상집(DVD) : <동해의 마침표 내사
랑 독도>

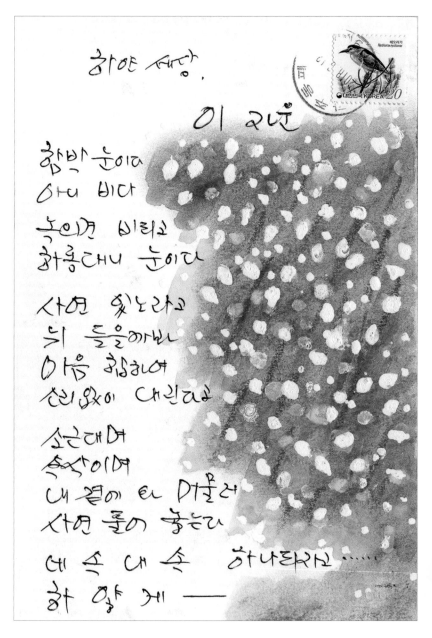

하얀 세상,

이 자운

함박 눈이다
아니 비다
녹이면 비리고
하롱대니 눈이다

사연 잊노라고
뇌 들을까봐
마음 힘하여
소리없이 내린다

소근대며
속삭이며
내 곁에 와 머물러
사연 몰아 쌓는다
내 속 네 속   하나되고 ……
하 얗 게 ─

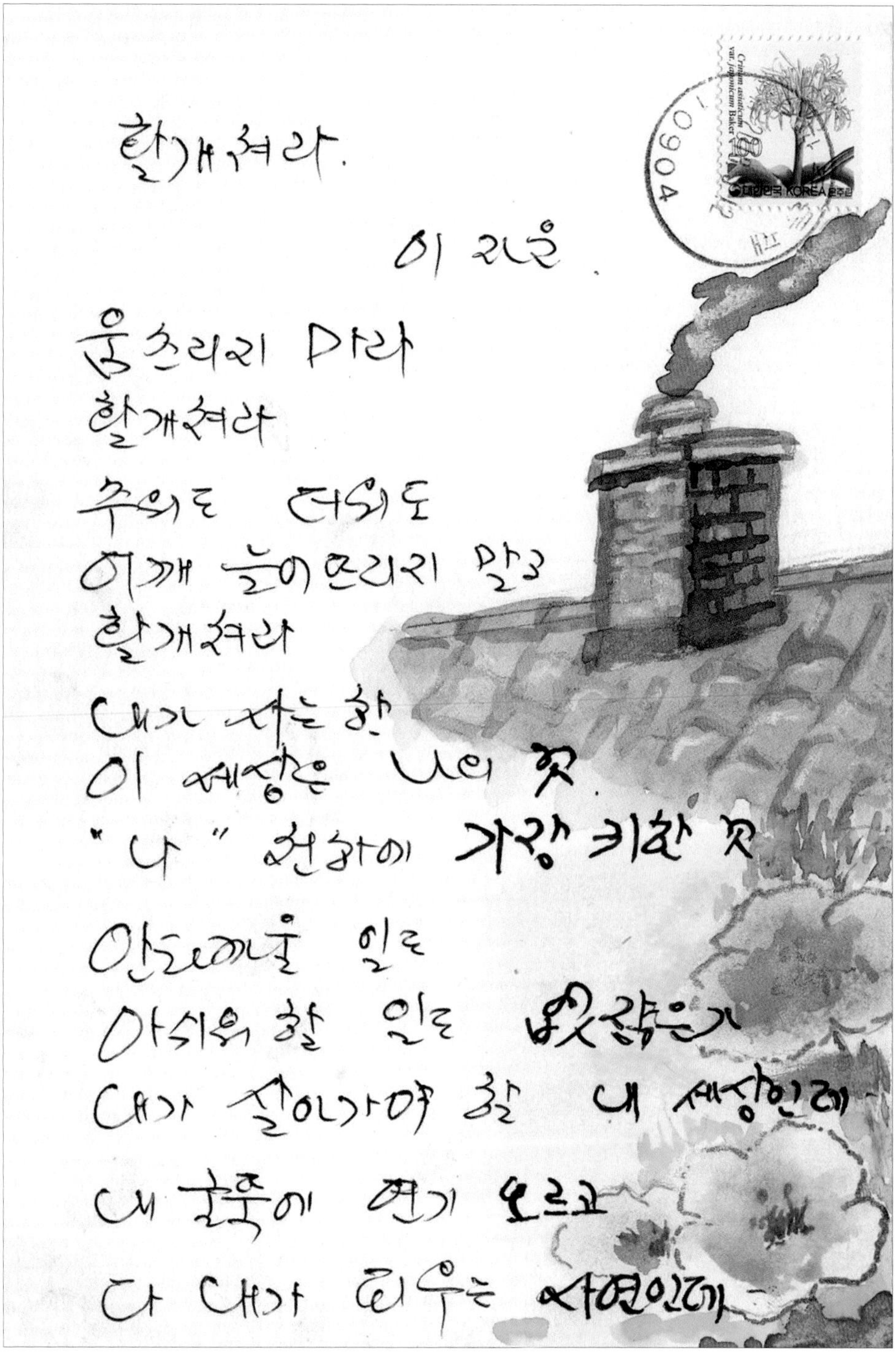

함께서라.

　　　　이 겨울 .

웅크리지 마라
함께서라
추위도　더위도
어깨 늘어뜨리지 말고
함께서라
내가 사는 한
이 세상은 나의 것 .
" 나 " 천하에 가장 귀한 것

안타까움 일도
아쉬운 할 일도 많겠는가
내가 살아가야 할 내 세상인데
내 굴뚝에 연기 오르고
다 내가 피우는 사연인데

이정자 시 인

이정자 시인 :
국제문예 등단, 한빛 문학 부회장,
광나루 문학 부회장,
청계 문학 회원, 나라사랑 문인회 이
사, 다선문학 이사, 한국문예 저작권
협회 회원
한빛문학상 수상, 서울시 의장상 수
상, 국회의원상 수상,
시집 : <내 삶의 꽃다발>, 산문집 <
게으른 엄마가 두고 가는 기억> 그
외 다수 공저

수선화여

이정자

가녀린듯 하면서 청초한
수선화여

순결스런 네 모습에
내 영혼 젖어든다

오!

고고한 수선화여
신비스러운 수선화여

뉘
그리며 미소짓는고 ?!

동행

이정자

바람이 구름을 밀어주듯
인연의 끈이 되어
서로 위로자가 되고

힘든 날엔
에너지를 채워주며
함께 동행하면

험한 준령도 올라갈 수 있고
깊은 골짜기도 뛰어넘어

초원에 핀 꽃을
바라보는
즐거움을 나누리

이지선화 가

이지선 화가 : 전통수묵으로 한국화를 그리며 신사임당 미술대전에서 전통수묵으로 2회연속 특선을 수상한 작가이다. 그 외에도 대한민국여성미술대전 등에서 입상하였다.
2017년부터 프랑스 파리의 루브르 까루젤관에서 열리는 아트샵핑에 참여하여 한국의 수묵미술을 유럽에 알리는 선교적 미술활동을 해오고 있다. 프랑스와 대한민국 수교 130주년을 기념하는 미술전에도 참여하였다.
현재 동양수묵연구원과 파인아트멤버로 활동중이다.

이택근 시 인

이택근 시인 : 충남 부여 출생.
경희대학교 국제법무대학원, 중앙대
학교 사회개발대학원
건설회사 대표

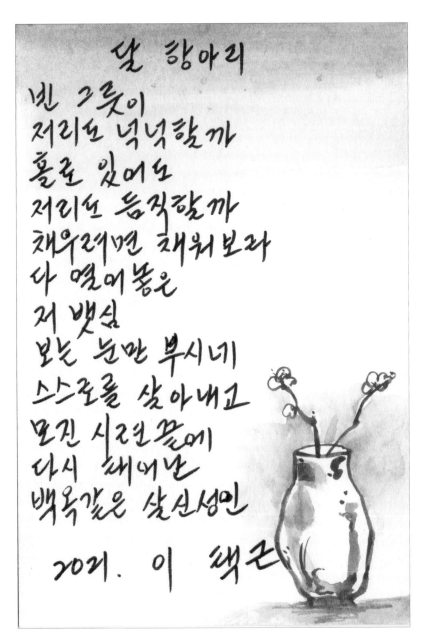

달 항아리

빈 그릇이
저리도 넉넉할까
홀로 있어도
저리도 듬직할까
채우려면 채워보라
다 열어놓은
저 뱃심
보는 눈만 부시니
스스로를 삶아내고
모진 시련끝에
다시 태어난
백옥같은 삶선성민

2021. 이 택근

승가사의 여승

앳되고운 달님인양
나비 걸음으로
절간 문지방을 넘어
부처님 앞에서 춤을 춘다
더덩실 더덩실
가슴을 열고 낳는
날개짓을 백팔번이나.
무릎에서 일어선 불심이
어깨에서 자비로 흐른다

2021. 이 책근

이 하 _{시 인}

이하(李夏) 시인 : 본명 이만식
『월간 문학』과 『오늘의 문학』에서
시조와 시로 등단.
문학박사 경동대 교수, 학장.
조각시(짧은 시) 개척자. 세종문화
예술상 수상. 시집 <하늘도 그늘이
필요해> 등 저서 14권.

너는 나를 보고 핀다 하지만
나는 너를 보고 피는 걸

— 달, 달맞이 꽃에게

이하

산은 산을 가리지 않는다
이 하

버릴 뿐
산은 산을 가리지 않는다
낮은 데로 낮추어
소리도 묻어지지 않게
앞은 앉고 뒤는 서고
크면 큰 대로 빛깔을 던다
언젠가
강이 지나칠 무렵
한 자락씩 거두어 길을 내고는
은밀히 강바닥으로
무릎을 맞대어, 그저
그 자리에 있었다.

산은
산을 밀어내지 않는다
무성한 제 그림자를
강물에 담글 때면
건넛산이 잠길 어귀를
비워둔다.
때로 겹친 어깨가
부딪칠 때도
조금씩 비껴 있을 뿐
산은
산을 가리지 않는다.

이행우 시인

이행우(李幸雨) 시인 : 1961년 경북 청도 출생, 호는 태경(泰炅). 대구대학교, 동대학원 복지행정학과 졸업(사회복지사). 영남외국어대학 겸임교수 역임. 굿실버 복지회 이사. 1998년 『대구문학』 신인상, 2003년 『문예사조』 신인상. 2010년 한국청소년신문사 청소년지도자 문학부문 대상 수상. 현대시인협회, 대구문인협회, 청도문인협회 회원. 시집으로 <그 바람은 꽃바람>이 있음.

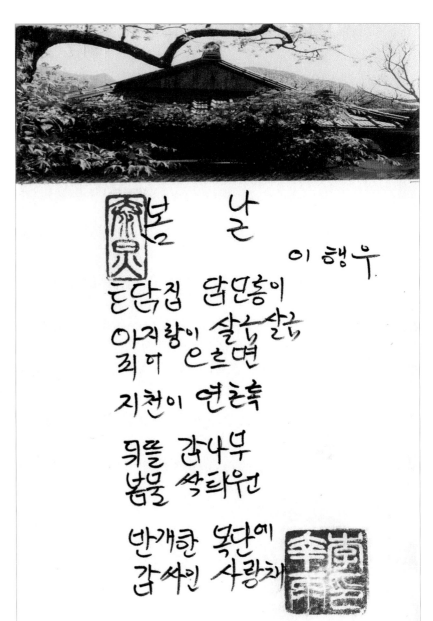

봄 날

이 행우

흙담집 담민홍이
아지랑이 살금살금
끼어 으르면
지천이 연초록

뒤뜰 감나무
봄물 싹틔우니

반개한 목단에
갑싸인 사랑채

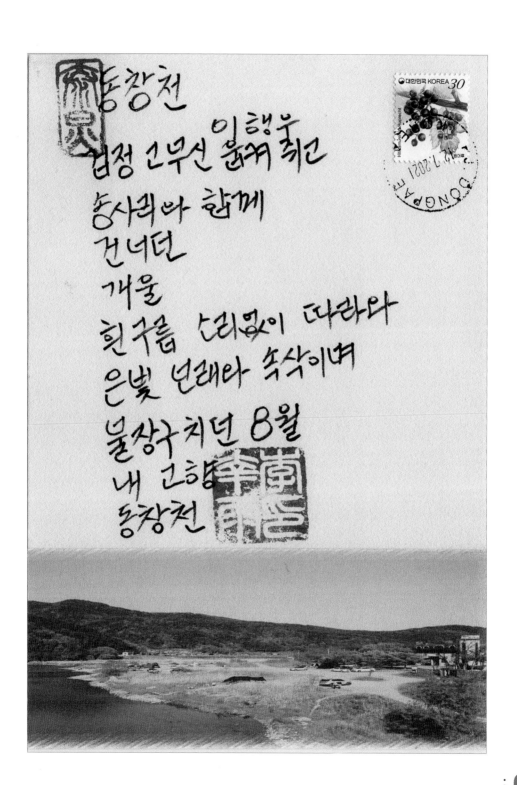

동창천

엽정 근무선 일행 울 옮겨 취고

송사리와 함께

건너던

개울

흰 구름 소리 많이 따라 와

은빛 언래와 속삭이며

불장구 치던 8월

내 고향

동창천

이 현 애 시 인

이현애 시인 :
1998년 『시와 산문』으로 등단.
시집으로 <가끔 길을 잃어버린다
>, <모든 것들은 뒤에 머문다>, <뜨
거운 발톱의 저녁>, <시계의 헛바늘
>, <이렇게 새로운 껍질이 생긴다>,
<앞에 있던 5월과 뒤에 있는 5월의
사이> 등이 있다.
한국녹색시인상, 한국시인상 등 수
상.

별들은 알 수 없는 어긴 밤을 끝없이 만들어 내고 외로운 비뜰때면 화게 웃행오기한나 몇 가 거처감게 비뜰끄라 하나다 선푸우를 피우 몫을에 이혀 이고다

이혜선 시 인

이혜선(李惠仙) 시인 :
1981년 『시문학』추천. 문학박사.
한국문인협회 부이사장. 문체부 문
학진흥정책위원. 시집 <흘린 술이
반이다>, <운문호일雲門好日>, <새
소리 택배>, <神 한 마리> 등. 저서
<이혜선의 시가 있는 저녁>, <문학
과 꿈의 변용> 등. 세종우수도서 선
정(2016). 윤동주문학상, 예총예술
문화대상, 문학비평가협회상(평론)
외 다수 수상. 동국대 외래 교수 역
임.

해돋이 해넘이

이혜선

1. 해돋이
그 여자
눈동자에 불이 화라락
젖가슴이 탱탱해졌다
온몸에 새싹 돋아났다
그 남자의 눈짓 한 번에,

2. 해넘이
그 남자
중심축이 기우뚱
넋이 빠져
세상이 캄캄해졌다
그 여자의 한숨 한 번에,

코이 법칙

이혜선

코이라는 비단잉어는
어항에서 키우면 8센티미터
밖에 안 자란다

냇물에 풀어 놓으면
무한정 커진다 너의 꿈나무처럼,

이희자 시 인

이희자 시인 :
83년 월간문학으로 등단
동포문학상. 윤동주문학상. 펜문학
상 수상
시집 <소문 같은 햇살이> 외 다수
시선집 <시간 밖의 생각>, <그리움
에 물드는 어머니>가 있음
국제 펜 회원. 한국문인협회 이사

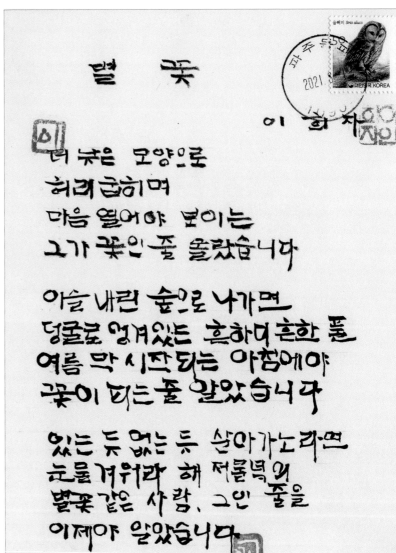

별 꽃

이 희 자 시 인

더 낮은 모양으로
허리 굽히며
마음 열어야 보이는
그가 꽃인 줄 몰랐습니다

이슬 내린 숲으로 나가면
덩굴로 엉켜있는 흔하디 흔한 풀
여름 막 시작되는 아침에야
꽃이 피는 줄 알았습니다

있는 듯 없는 듯 살아가노라면
눈물겨워라 해 저물녘의
별꽃 같은 사람. 그인 줄을
이제야 알았습니다

빈 들녘의 노래

- 이 희 제 -

할 일을 다 마쳤나 봐
알곡은 알곡끼리
쭉정이는 쭉정인 채
길 떠나는 빈 들녘에 서면
나는 알곡이던가 쭉정이던가
돌아다 보면

내 것 아닌 남의 것으로
끄성 살았나 봐
온몸은 푸른 반점 짙은데
나를 거두어 줄 햇살마저 놓치고
이제 때늦은 허겁 굽혀
조금씩 허물을 벗겨 가야지
내일의 또 다른 나를 채우기 위하여

임덕기 시 인

임덕기 시인 :
이화여대 국문과 졸업.
계간 『애지』시 등단.
에세이문학 등단, 국제펜클럽 한국
본부, 한국문인협회, 한국여성문인
회, 애지문학회회원, 이대동창문인
회, 한국수필문학진흥회 이사
시집 <꼰드랍다>

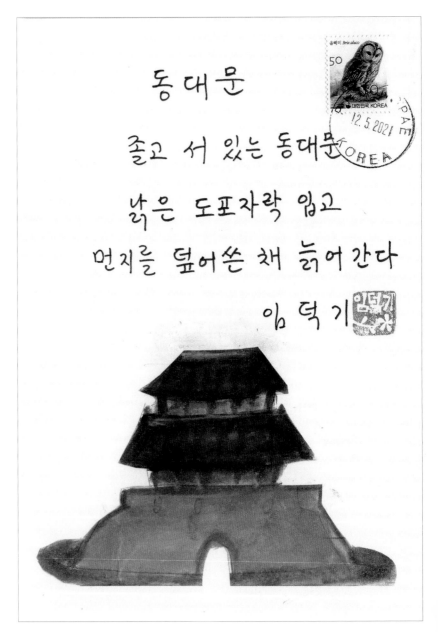

동대문

졸고 서 있는 동대문

낡은 도포자락 입고

먼지를 덮어쓴 채 늙어간다

임 덕 기

숲의 주소

늙은 느티나무는 제 몸에
구멍을 파서
새들을 불러 모았다
바람이 들락거린 몸통에
드러난 둥근 뼈마디

셋집 구하기도 만만치 않은
계절. 둥지를 차지하려는
새들의 날카로운 언쟁으로
해마다 봄은 들썩거렸다
임덕기

임솔내 시 인

임솔내 시인 : 호는 송향(松香)
『자유문학』으로 등단, 문화 칼럼니
스트, 시집 <나를 바꾼 두 번째 남자
>, 베스트셀러 <아마존 그 환승역>
외 다수.
한국문학비평가상 수상, 한국서정시
문학상 수상, 국제펜클럽 이사, 한국
현대시인협회 이사 및 편집위원 역
임.

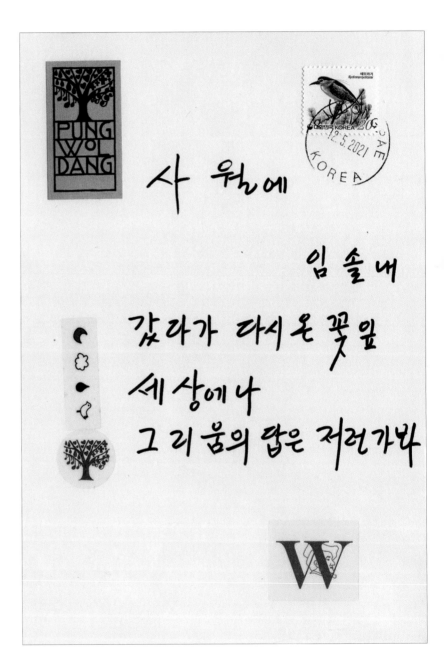

사 원에

임 솔 내

갔다가 다시 온 꽃잎
세상에나
그리움의 답은 저런가봐

감

🌙 ☁️ 💧 🐦   입 솔 내

까치의 부리가
깊숙이 몸 안으로 들기까지
단 한 문장으로
말 걸어 오는 저 빛

나, 언제 저 등불같은 색에
닿을까

임영빈 화가

임영빈 화가 : 호(혜천 惠泉)
동양수묵연구회에서 한국회화의 전
통화를 연구하였으며 실경산수 중심
의 수묵화를 그렸다.
수묵회화를 중심으로 회화적 기초
과정을 마치고 현재는 한지와 아크
릴을 이용한 채색위주의 그림을 그
린다.
신사임당 미술대전에서 특선과 입
선, 경기미술대전, 목우회, 세계평
화 미술대전 등에서 특선과 입선을
하였으며 프랑스 국립살롱전 ART
CAPITAL에 참여한바 있다.
현재는 한국미술협회 회원으로 남
양주 미협에서 활동중이며 동양수
묵연구원과 PINE ART 멤버이다.

임정옥 화가

임정옥 화가 : 호 소정(小晶)
한국화가 소정 임정옥은 목원대학
교에서 미술을 전공하였고, 미국 샌
프란시스코 아트 컬리지에 유학하였
다. 그는 프랑스 파리와 서울에서 3
회의 개인전을 가진바 있다. 대한민
국미술대전 비구상부문 입상을 비
롯하여 경인미술대전 특선과 입선,
대전광역시미술대전, 경기도미술대
전 등에서 수상하였다. 프랑스 개인
전 외에도 루브르 까루젤관 아트샵
핑에 참여하였다.
그는 현재 대한민국미술협회 회원이
며 동양수묵연구원과 파인아트멤버
로 활동중이다.

장인숙 시 인

장인숙(張仁淑) 시인 서예가 :
1940년 서울 출생. 호 하전. 월간
『순수문학』을 통해 등단.
시집으로 <해마다 가을이 되면>, <
가을엔>이 있고, 현재 한국문인협회
회원. 2009년 대한민국 서화아카데
미 미술대전(기로전) 문인화부문 금
상, 2010년 대한민국 서화아카데미
미술대전(기로전) 삼체상, 서예부문
금상 수상.

그대 오시길
불 밝혀 들고 기다리려라

달빛 밝던 날
내 눈동자에 그대 머물고
그대 눈동자에
내 모습 자리한
아까운 우리 지난날

무량겁을 지난다 해도
하나 어찌 그대 잊을까

기다림에 지쳐
내 영혼 흩어질지라도
나 그대 오시길
불 밝혀 들고 기다리려라.

"초롱꽃" 전문

전규태 시 인

전규태(全圭泰) 시인·평론가 : 나는 우리 조상들이 오랫동안 그러했던 것처럼 불교적 가슴을 지니고 있다. 우뇌는 도교적인데 좌뇌는 기독교적이다. 나의 예술 또한 일원적 이중구조로 되어 있다. 시간적으로는 고대, 현대를 넘나들고 공간적으로는 동서양을 오가며 장르를 뛰어넘기도 한다. '詩情畵意'로 시화를 늘 즐겨 창작하곤 한다.
현대시인상, 문학평론가 협회상 등 수상, 국가 유공자, 국민훈장 모란장 서훈. 미술평론집 '에로스의 미학', 시화집 '너를 사랑해도 되겠니'(서문당) 등 저서 백여 권.

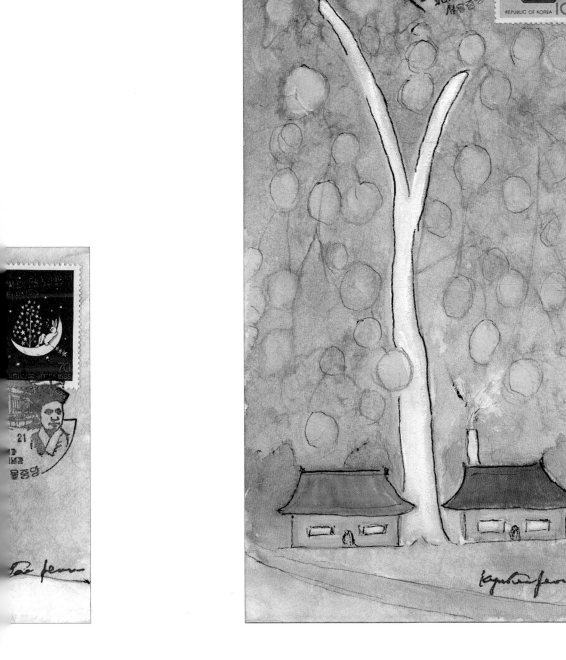

전 택 희 <small>화 가</small>

전택희 서양화가 : 리얼리즘의 화가
로 독특한 소재 '쌍아의 Dream
씨리즈'를 작품화 하고 있는 작가이
다. 2019년 프랑스 루브르 까루젤
관에서 열렸던 프랑스의 최고 아트
페어인 Art Shopping에 참여했다.
독특한 쌍아의 Dream 씨리즈에 프
랑스인들이 많은 관심을 보였다.
서양화가 전택희는 프랑스 아트샵
핑 이외에도 싱가포르 아트뱅크 아
트 쇼에 참여하였고 국내에서도 대
전 국제 아트 미술행사를 비롯하여
대전광역시 미술대전 등에 참여하면
서 꾸준한 그의 리얼리즘 세계를 확
장해 나가고 있다.

정강자 _{화 가}

정강자(鄭江子 1942~2017) 화가 : 홍익대학교 미술대학 회화과 졸업(1967), 홍익대학교 미술교육과 대학원 졸업(1985), 개인전 29회(1970~2008), 해프닝 3회(1967~1969), 한국일보 '그림이 있는 기행문' 연재 30개국(1988~1992), 스포츠 조선-삽화 연재(1992~1995), 독일 함부르크 초대전(2008).
저서로는 <불꽃 같은 환상세계>(소담출판사-1988), <꿈이여 환상이여 도전이여>(소담출판사-1990), <일에 미치면 세상이 아름답다>(형상출판사-1998), <화집>(소담출판사-2007), <정강자 춤을 그리다>(서문당-2010).

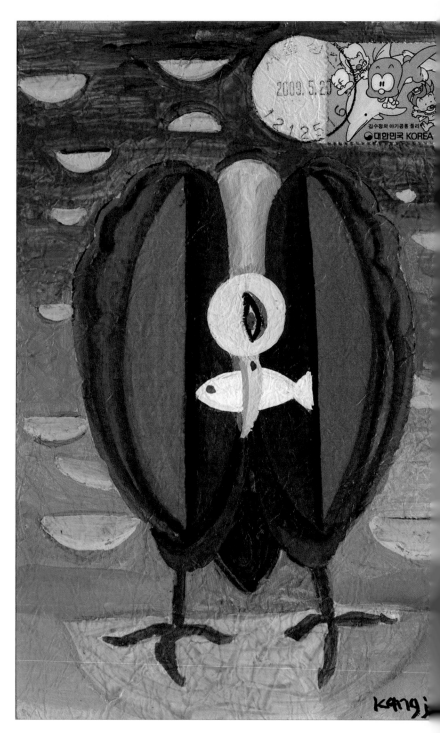

정근옥 시 인

정근옥 시인 : 문학비평가, 문학박
사, 한국현대시인협회 부이사장, 국
제Pen한국본부 이사, 한국비평가협
회 이사 역임
수상: 교원학예술상(시부문), 신문
예문학상 대상,
시집: <자목련 피는 사월에는> 외
다수, 평론집: <조지훈 시 연구> 외
다수
산문집: <행복의 솔밭에서 별을 가
꾸다> 외

동매   정 근 옥

성에 내려앉은 창가에
동매 한 그루
기인진 밤을 지나와
붉은 마음의 붓을 스치자
꿈속의 별이 나비가 되어
가지 끝에 날아와 앉네,

그리움

정근옥

저승보다 먼 길을 돌아
타루의 강을 헤쳐 돌아온다

칼날로 저며진 그리움
댓잎 바람으로 울더니

이제 왔구나,
만년설로 쌓여 있다가...
뱃머리에 앉아
눈보라 맞으며 울고 있는 철새

까만 저 죽음의 강을 건너지 못하고
묵언수행을 하고 있다

정기호 _{전각가}

정기호(鄭基浩 1899~1989) 전각
가 : 호는 석불(石佛). 경남 창원에
서 출생, 16세 때 중국으로 건너가
전각장인 황소산에게 10년간 사사
후 일본으로 건너가 일본 전각을 배
워 명성을 떨쳤으며 광복 후 대한민
국 국새 1호를 제작하고 부산에서
활동하였으며, 1980년에는 부산시
문화상을 받기도 한 전각장인. 작품
은 1975년 서울에서 열린 <석불 전
각전> 전시작품.

천계전역사형상(千季前歷史形像)

정문규_{화 가}

정문규(鄭文圭) 화가 : 1934년 경 남 사천에서 출생. 1958년 홍익대 학교 회화과를 졸업했고, 일본 문부 성 장학생으로 동경예술대 대학원에 유학하기도 했다. 1966년 인천교육 대 교수로 취임했고, 1994년에는 최 영림미술상을 수상했다. 1955년 첫 개인전 이후 여섯 차례 개인전을 가 졌고, 국립현대미술관 기획전, 조선 일보 현대작가초대전, 2010년에는 예술의 전당에서 회고전 등 많은 전 시회를 열었다. 저서로는 <정문규> 화집 외 <반고 호>, <고갱>, <샤갈>, <브라크>, < 레제> 등의 작품 해설집을 서문당에 서 발행했다.

ㅈ

정두리 시 인

정두리 시인 :
한국문학신인상 시부 당선, 동아일
보 신춘문예 동시 당선
시집 <그윽한 노래는 뒤에 남았다>
외 다수
동시집 <소행성에 이름 붙이기>외
방정환문학상, 가톨릭문학상, 윤동
주문학상, pen문학상, 녹색문학상
외 수상
현재 (사)새싹회 이사장

눈물

정두리

몸에 좋은 것,
귀하고 특별한 것이라 하면
사람들은 모두 입 속으로
밀어 넣었습니다
그것들은 몸속에서
피가 되고 살이 되었을까요?
몸에서 되돌아 나온 것들,
그중 맑은 것은 하나
가슴을 휘돌아 나온
뜨거운 눈물밖에 없습니다

쥐똥나무

정두리

왜 똥나무라 말하는가,
쥐똥나무라 누가 쉽게 부르는가
봄에 좁쌀만큼의
흰 꽃을 달고
향내를 부채질하던 쥐똥나무
쥐똥 같은 까만 열매 속에는
박하 같은 꽃내음이
쥐처럼 숨어 있을 뿐이다
업신여김을 쥐처럼
참아낼 뿐이다

ㅈ

정명순 시 인

정명순 시인 : 충남 홍성 출생.
공주사범대학 역사교육과 졸업.
한서대학교 평생교육원 문예창작과
수료.
2003년 『동강문학』 등단.
시집 <그냥> 외 2권.
충남시인협회 작품상 수상.

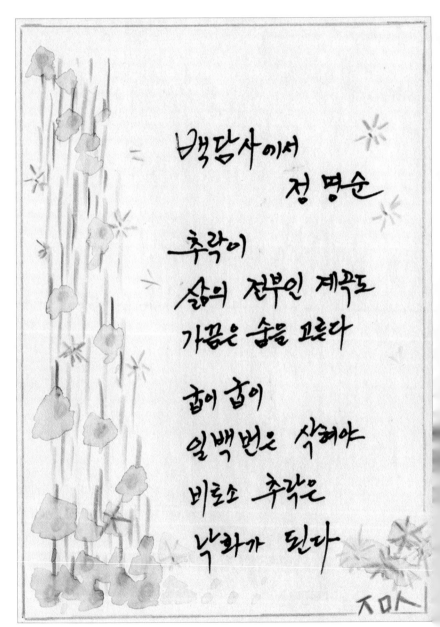

백담사에서

정 명순

추락이
삶의 전부인 계곡도
가끔은 숨을 고른다

굽이 굽이
일백번을 살혀야
비로소 추락은
낙화가 된다

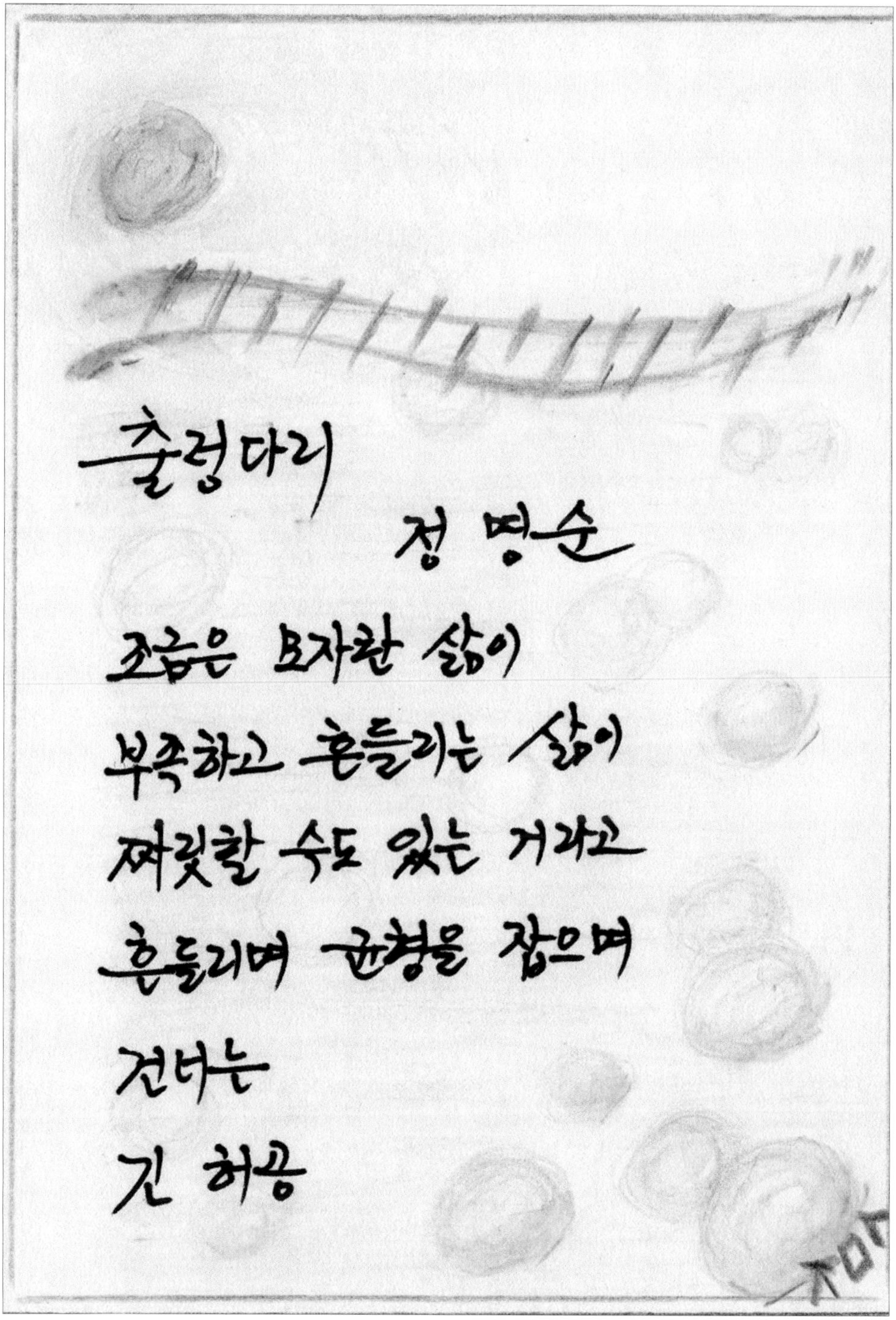

출렁다리

정 명순

조금은 모자란 삶이
부족하고 흔들리는 삶이
짜릿할 수도 있는 거라고
흔들리며 균형을 잡으며
건너는
긴 허공

정미영 시 인

정미영 시인 : 시낭송가.
심리 상담교사.
경기도 연극협회 회원.

가끔은

햇빛과 구름 바람과 새들에게 부탁하고
가끔은
보고픔 마음 보따리 담아 소식 전하고
또 가끔은
서러워 지면 하늘에게 물어 봅니다

그러면

잔잔한 미소와 따뜻한 눈물 한 방울 섞어
그리움을 만들어 놓을거에요
그렇게 살면 우리는 어떨까요

정 미 영

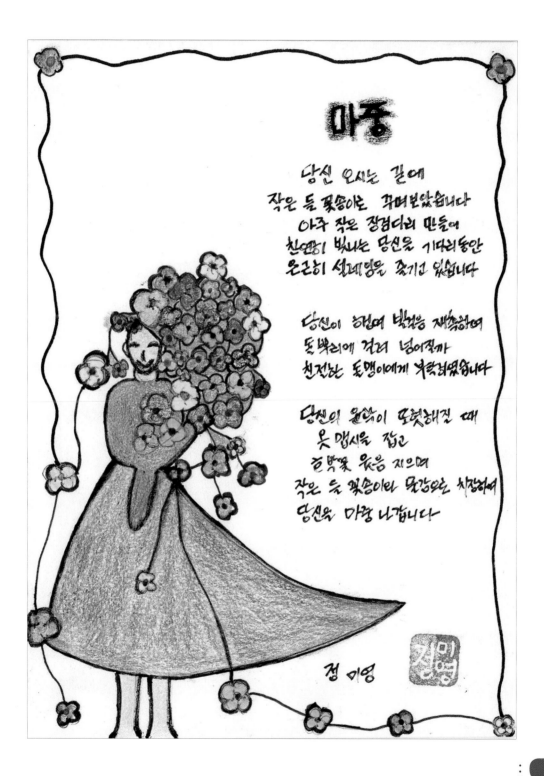

마중

당신 오시는 길에
작은 들 꽃송이로 꾸며보았습니다
아주 작은 징검다리 만들어
찬연히 빛나는 당신을 기다리는동안
온근히 설레임은 조기고 있습니다

당신이 행여 발걸음 재촉하여
돌 뿌리에 걸려 넘어질까
친전한 동맹이에게 부탁하였습니다

당신의 윤곽이 또렷해진 때
옷 맵시를 잡고
흐뭇한 웃음 지으며
작은 들 꽃송이라 몽강으로 치장하여
당신을 마중 나갑니다

정 미영

정복선 _{시 인}

정복선 시인 :
1988년 『시대문학』 등단.
시집 <종이비행기가 내게 날아든다
면>, <마음여행> 등 7권과 영한시선
집 <Sand Relief>, 평론집 <호모
노마드의 시적 모험>.
한국시문학상, 한국꽃문학상대상,
김삼의당 시서화공모대전대상 등 수
상, 경기문화재단지원금 수혜.
한국시협회원, 한국경기시협부이사
장, 국제PEN한국본부자문위원.

뜨거운 피 다 식었다
정 복 선

박새 한 마리가
단단한 가지 휘청이는 가지
오르락내리락, 숨차다
곤두박질친 뜨거운 피
다 식히고서야
새, 솟구친다

더는 떠돌지 않으리

젖은 발과 타는 입술의
별자리를 따라
참을 수 없는 기항

나란히 걸린 뭉그러진 구두
작은 꽃 흥얼거리지

─ 정복선 詩
「구두화분 한 켤레」에서

317

정삼일 시 인

정삼일(鄭三一) 시인 : 충북 영동 출생, 호는 청학(靑鶴).
〈핏빛〉(1969), 〈0시문학〉(1971), 〈삶터 문학〉(1997), 〈시도반〉 동인.
국제펜한국본부, 한국시인협회 이사, 한국문인협회 감사, 대구펜, 농민문학 감사, 〈코스모스 문학〉 주간 역임. 대한민국 제3호 낭송인, 한국농민문학상, 다산문학상 대상, 거랑문학상, 한국예초문학상 대상, 불교문학상 대상, 송강문학예술상 윤봉길 문학상 대상 수상.
시집으로 〈바람도 깨지 않게〉, 〈고독한 날개〉, 〈행복을 위하여〉 등 다수.

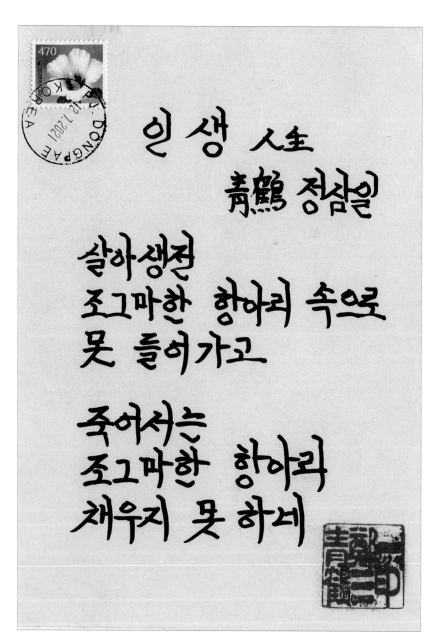

인 생 人生
靑鶴 정삼일

살아생전
조그마한 항아리 속으로
못 들어가고

죽어서는
조그마한 항아리
채우지 못 하네

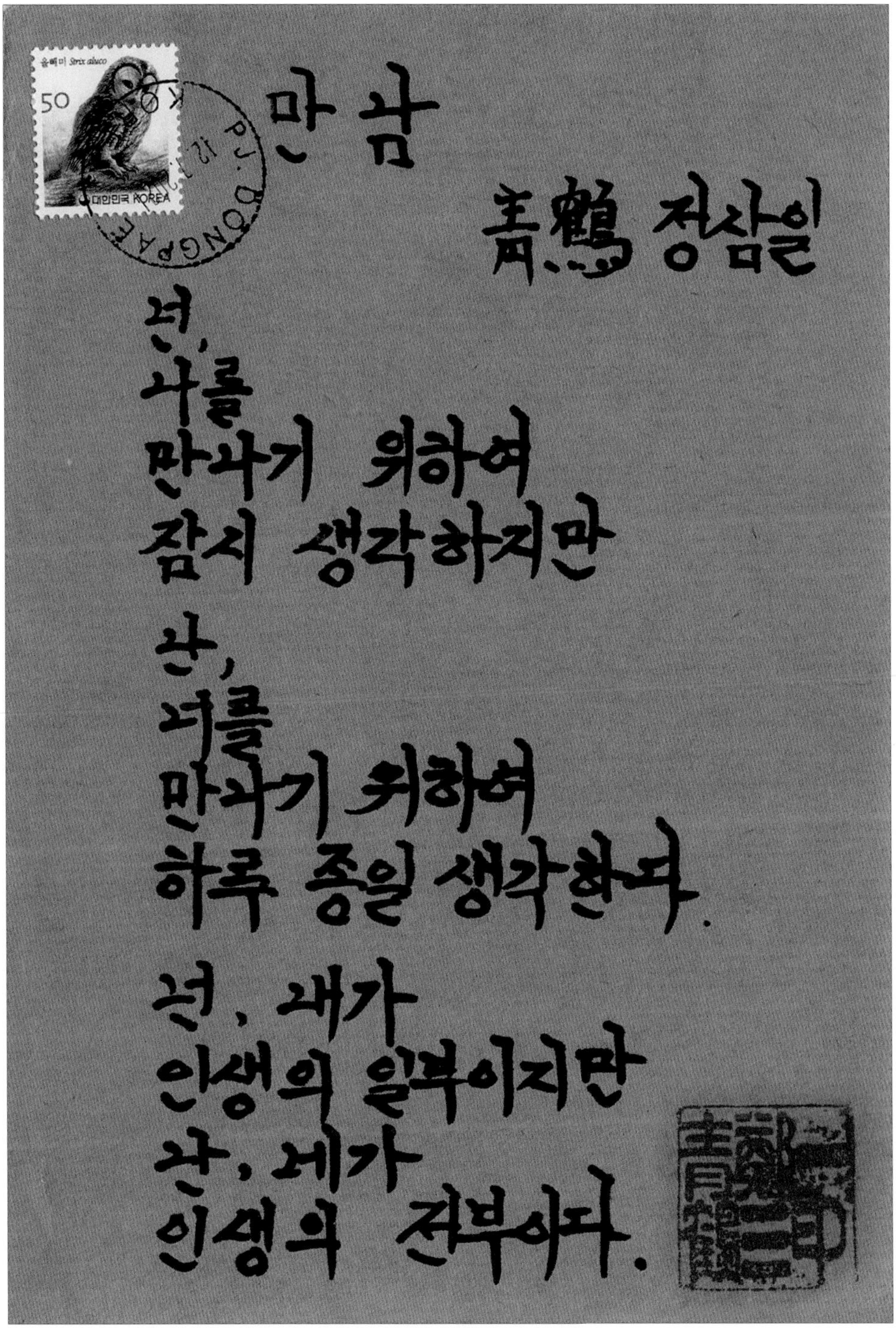

만남

靑鶴 정삼일

너,
나를
만나기 위하여
잠시 생각하지만

난,
너를
만나기 위하여
하루 종일 생각한다.

너, 내가
인생의 일부이지만
난, 네가
인생의 전부이다.

정승화 시 인

정승화 시인 : 충남 부여 출생.
2006년 『문학21』로 등단.
시집으로 <무릎 시계>, <꽃의 배꼽>
등.
제14회 한국녹색시인상, 제4회 한국
시인상 수상.

돌아오는 계절!

세상에서 가장 반가운 달의
편지를 몰래 읽는다.
온장에서 태어난 나비가
잠드는 밤, 아무도 모르게
사원을 건너 당신에게 간다
사랑이 아니면 아무것도 아닌
것들이 사랑으로 환생하며
심장에서 놀다 돌아가는 계절
돌아오는 계절.

정승화.

돌아오는 계절2.

숱한 불면의 밤은 꽃의
내란이었다.
잠을 잠재우기 위해
깡깡한 돌멩이의 내부에서
와불처럼 누웠던 것이다.
넘어진 것들이 그렇게 잠드는 동안
꽃을 피우려고 사월이 온 것이다.
오래 갇혀 있던 방문의
경첩소리처럼 날카로운 것들이
산새의 목울대로 돌아가고
밟혔던 것들이 모두 돌아온다.

정 승 하

정여빈 시 인

정여빈 시인 :
양천문인협회 사무국장
한국문인협회 문학치유 위원
시 낭송가, 시 낭송 강사
아강협 인문학 전문 강사

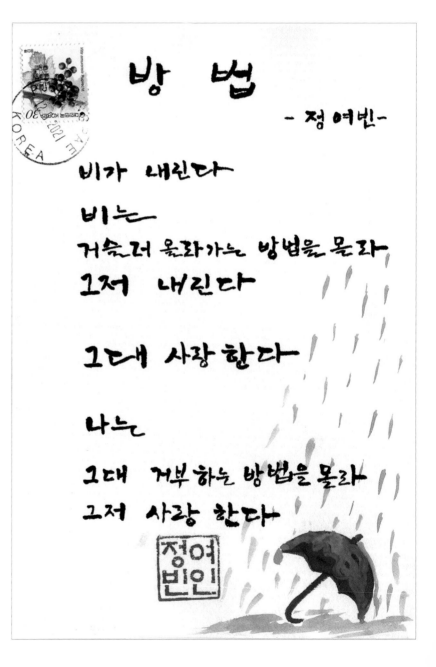

방 법

- 정 여빈-

비가 내린다

비는
거슬러 올라가는 방법을 몰라
그저 내린다

그대 사랑 한다

나는

그대 거부 하는 방법을 몰라
그저 사랑 한다

봄

-정여빈-

꽃들이
톡 톡 톡 터진 세상은
향기가 가득 하다

늘청한 개나리
싸움아비 흉내 낸다

시커먼 무장
풀어 재낀 진달래
소문으로 분주 하다

봄 언저리에
온 바람
향기에 취 해누워 버렸다

정영숙 시인

정영숙(鄭英淑) 시인 : 경북 대구 출생
서울교육대학교 졸업, 한국방송통신대학교 영어영문학과 졸업
1993년 시집으로 등단,
시집으로 <볼레로, 장미빛 문장>, <황금 서랍 읽는 법>, <웅딘느의 집>, <물 속의 사원>, <하늘새>, <지상의 한 잎 사랑>, <숲은 그대를 부르리> 등과, 그 외 명화 산문집 <여자가 행복해지는 그림 읽기>가 있음.
2012년 <제 4회 목포문학상> 수상
2015년 <시인들이 뽑는 시인상> 수상
2017년 <경북일보문학대전> 수상
2001년 한국문화예술위원회 기금 받음
시터 동인

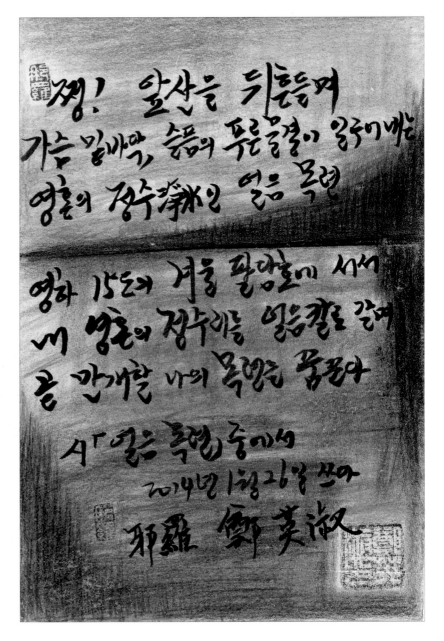

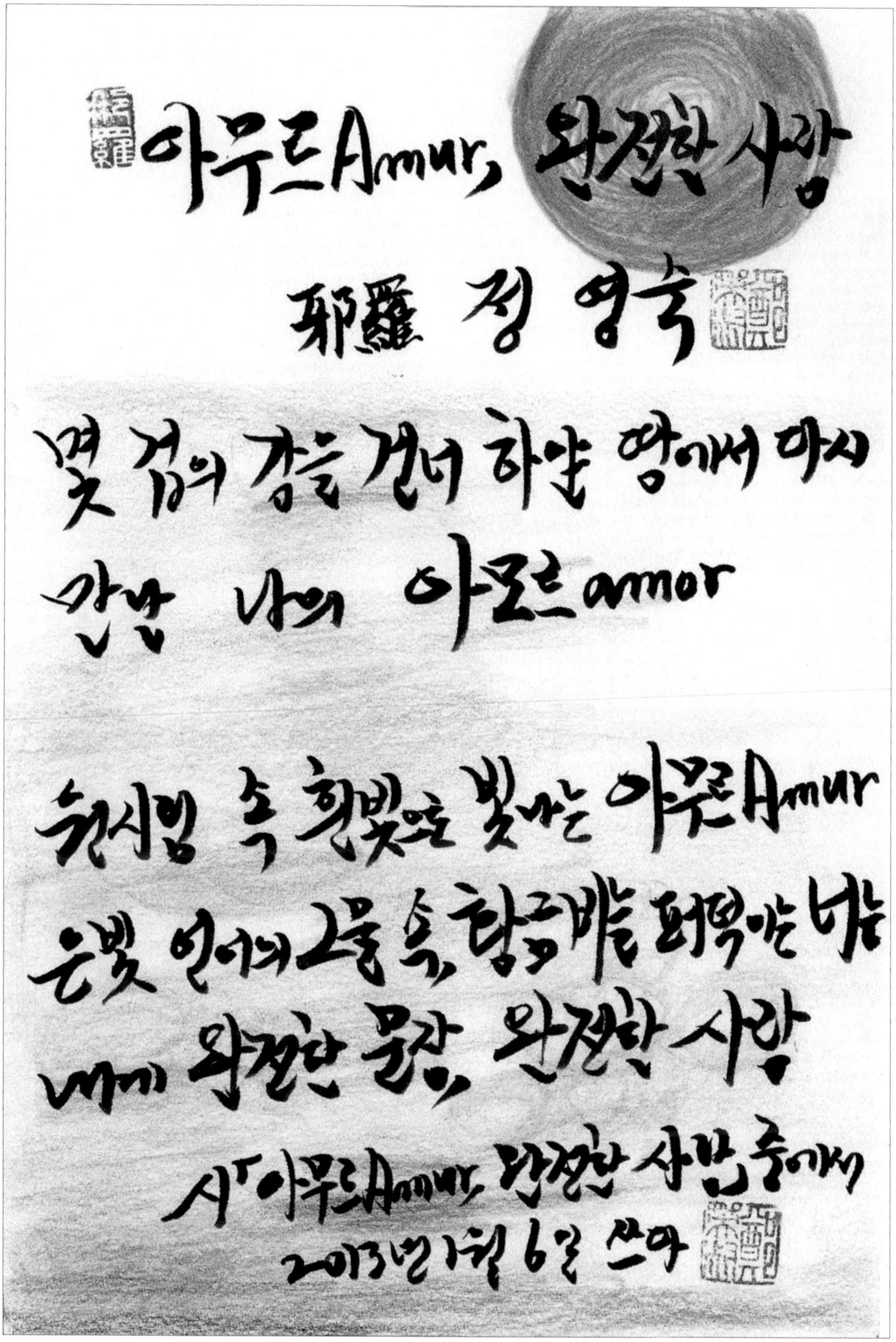

아무르Amur, 완전한 사랑

那羅 정 영숙

몇 겹의 강을 건너 하얀 땅에서 다시
깔린 나의 아모르amor

눈시린 속 회빛으로 빛나는 아무르Amur
은빛 언어게 그늘 속 담금배 려독안 밤
내게 완전한 문장, 완전한 사랑

시「아무르Amur, 완전한 사랑 중에서
2013년 1뤄 6일 쓰다

정 영 자 사진작가

정영자 사진작가 :
교사 역임. 컴퓨터 프로그래머. 여행
가. 한국사진작가협회 회원.

해돋이 그리움의 분출

ㅈ

정은숙 화 가

정은숙 화가 : 호 소운(素暈)
홍익대학교를 졸업하고 개인전 3회
프랑스 개인전, 국립살롱전, 몽테송
아트살롱전, 아트샵핑 등에 참여하
였고, 아세아 호텔 아트페어에도 참
여하였다.
대한민국미술대전, 경기미술대전,
목우회 남농미술대전, 대한민국기독
미술대전 등에서 입상하였다. 현재
는 한국미술협회원, 동양수묵연구
원, 파인아트멤버로 활동 중이며 소
운갤러리 대표로 활동하고 있다.

정 이 수 시 인

정이수 시인 :
2002년 『월간문학』 등단.
2014년 『한국소설』 등단.
소설집 <2번 종점>, 수필집 <문자메
시지 길을 잃다>
공저 <인천, 소설을 낳다>가 있음.

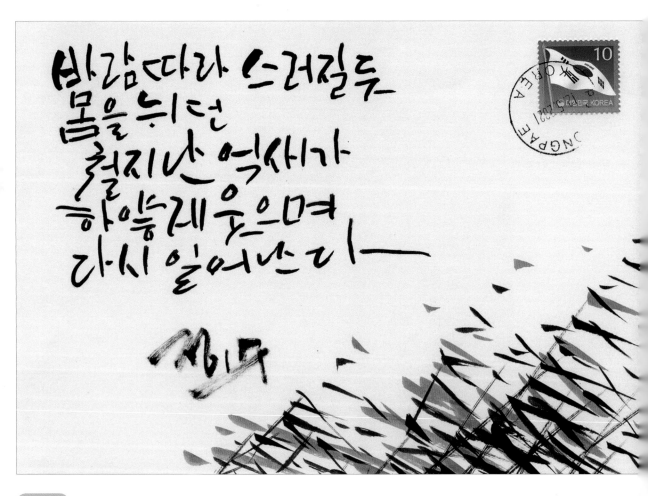

밤감따라 스러질듯
몸을 뉘던
철지난 억새가
하얗게 웃으며
다시 일어난다

정이수

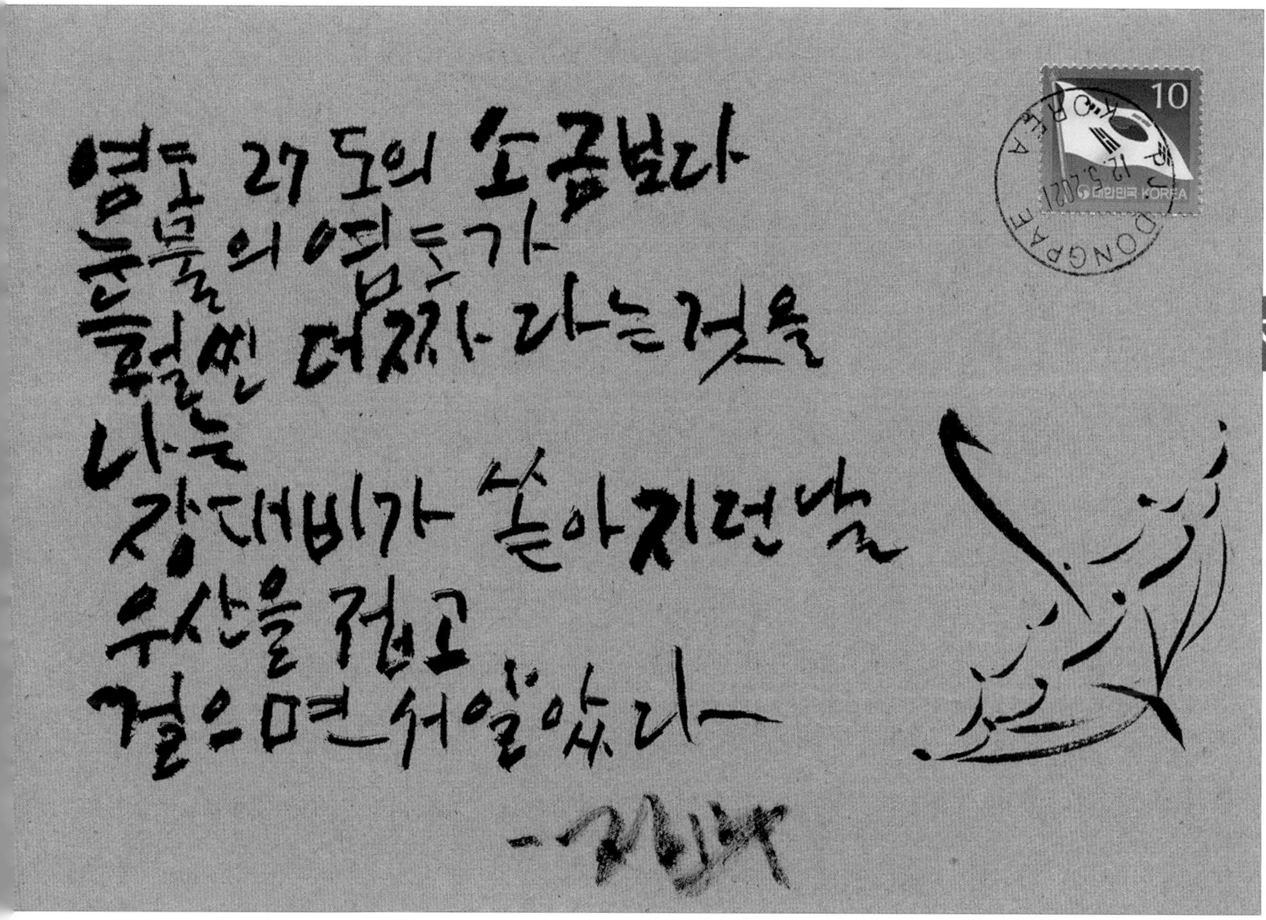

영도 27도의 소금보다
눈물의 염도가
훨씬 더 짜다는것을
나는
장대비가 쏟아지련날
우산을 접고
걸으면서 알았다
-재영-

정준용 화 가

정준용(鄭駿鎔 1930~2002) 화가:
대구 출생. 중학교시절 국전에 입선
한 이후 그림을 그리기 시작함. 대건
중고등학교에서 미술을 지도하다가
1962년부터는 한국일보사에서 삽
화를 전담하였다.

정준용화백그림에―

못잊어 생각이 나겠지요
그런대로 한세상 지내시구려
사로라면 잊힐날 있으리다

못잊어 생각이 나겠지요
그런대로 세월만 가라시구려
못잊어 더러는 잊히오리다

그러나 또한곳 이렇지요
그리워 살뜰히 못잊는데
어쩌면 생각이 더지나오?

경자 초하 김소월님의 못잊어를
쓰다 하전 장인숙

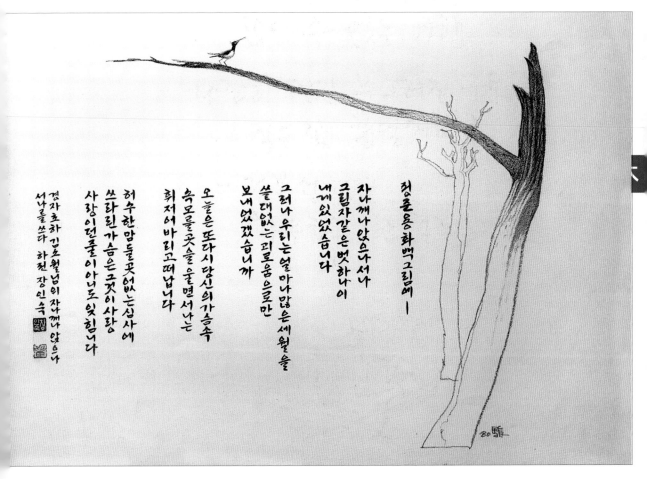

청춘용 화백 그림에 —

자나깨나 앉으나서나
그림자같은 벗하나이
내게 있었습니다

그러나 우리는 얼마나 많은 세월을
쓸데없는 괴로움으로만
보내었겠습니까

오늘은 또다시 당신의 가슴속
속 모를 곳을 울면서나는
휘저어바리고떠납니다

허수한 맘 둘곳없는 심사에
쓰라린 가슴은 그것이사랑
사랑이던들이아니로 잊힙니다

경자 초하 김소월님의 자나깨나 앉으나
서나를쓰다 하전 장인숙

정 정 현 화 가

정정현 화가 : 호 예원(藝園)
충남대학교를 졸업하고 동양회화의
전통성에 대한 연구를 하였다.
전통적인 한국화의 수묵정신에 기반
을 두고 한국의 서정성을 표현.
대한민국여성미술대전과 신사임당
미술대전에서 입상.
현재는 동양수묵연구원과 파인아트
멤버로 활동 중.

정춘미 화 가

정춘미 재불 화가 :
프랑스인으로 프랑스 한인회 여류
회장직을 역임한 한국인.
서양화가로 한·불 수교 130주년 기
념전에 참여하였고 그는 프랑스의
국립살롱전을 중심으로 작품활동을
하고 있으며, 갤러리 에버아트, 92
베지네 이비스. 바스티유파리, 까루
젤드 루브르 등에서 개인전을 가졌
다. 그의 아뜨리에는 프랑스 프랑콘
빌에 위치한다.

조대연 시 인

조대연 시인 :
고려대학교 공학대학원 석사, 한국
문인협회 회원, 서울문학문인회 회
장(전)
한국현대시인협회 이사, 한국 현대
작가 이사
시집 <삶의 수채화>, <사랑의 강>, <
달빛 서정에 노래하다>, <슬퍼도 숨
지 마>, <내가 꽃이면 너도 꽃이야>

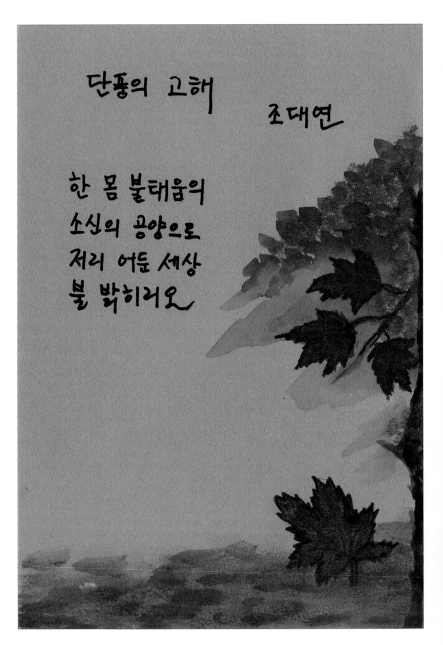

단풍의 고해   조대연

한 몸 불태움의
소신의 공양으로
저리 어둔 세상
불 밝히리오

단풍 3

조대연

스스로 금빛 빛나는
황금빛 불상이 되어
영겁의 옷자락을 날리는
은행나무 단풍
용문사 앞 우뚝 서서
산나무 들나무
그리고
뭇 초록을 아우르네

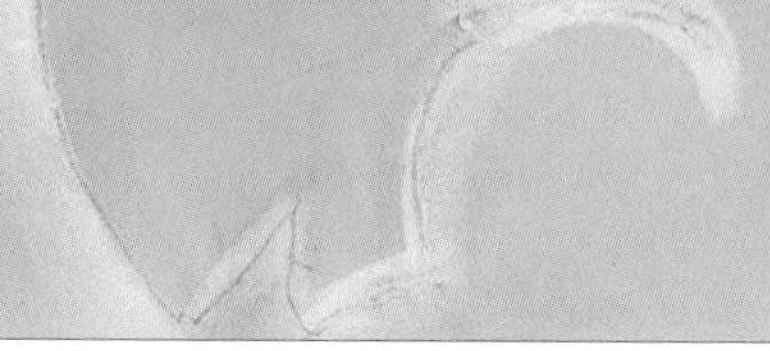

ㅈ

조봉익 시인

조봉익 시인 : 1956년 전남 순천 출생. 2013년 『우리시』 신인상으로 등단, 2013년 격월간 에세이스트 신인상
서울시 공무원
동국대학교 문화예술대학원 졸업(석사), 귀향 후 농업에 종사, 순천대학교 대학원 재학중(박사과정)

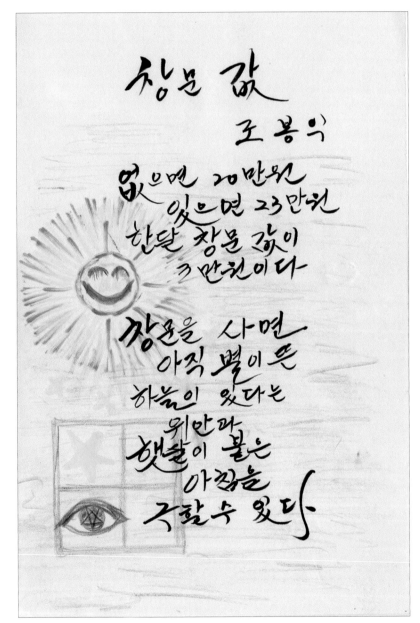

창문 값

조봉익

없으면 20만원
있으면 23만원
한달 창문 값이
3만원이다

창문을 사면
아직 별이 뜬
하늘이 있다는
위안과
햇살이 붙는
아침을
구할 수 있다

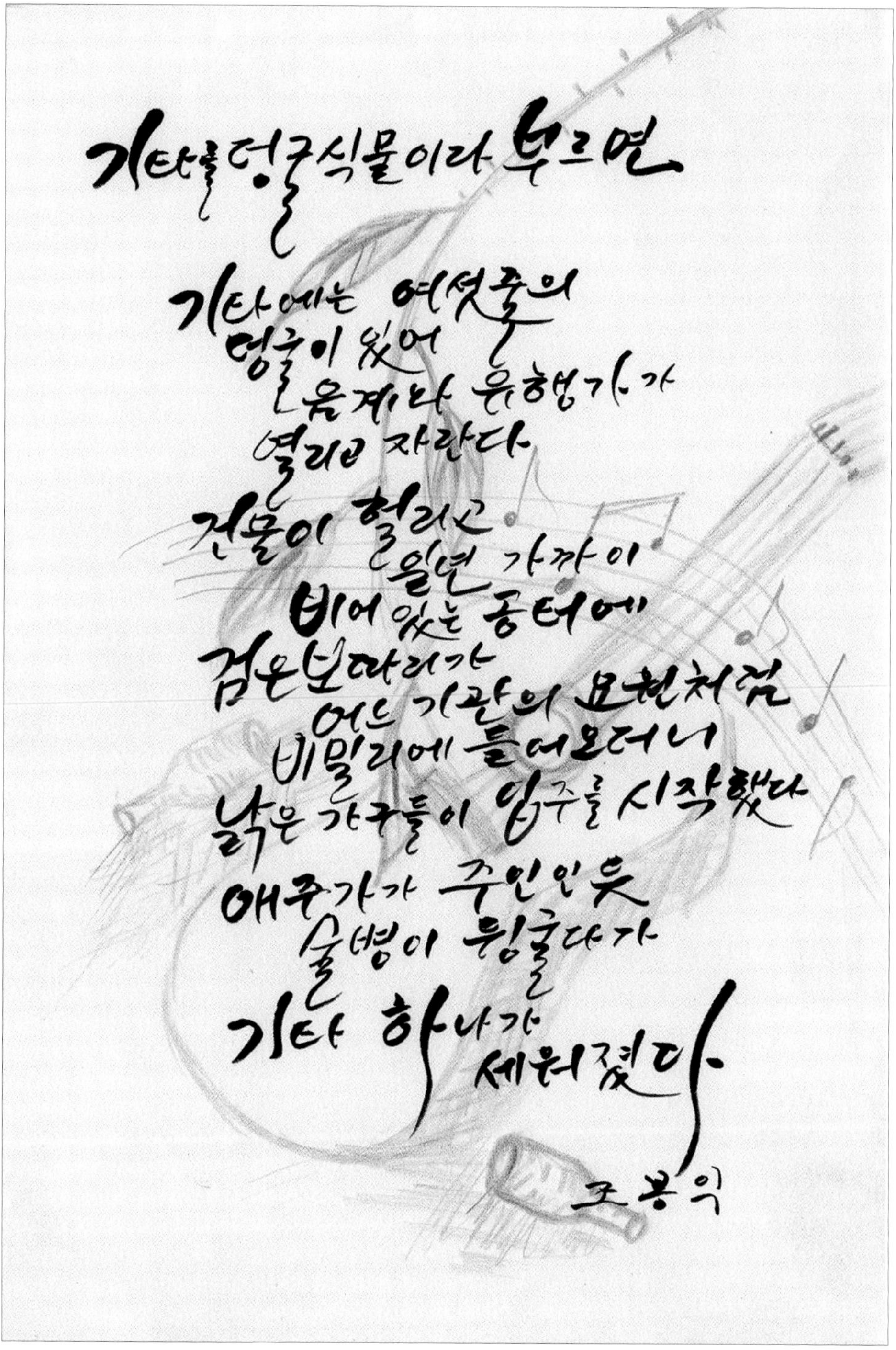

기타를 덩굴식물이라 부르면

기타에는 여섯줄의
덩굴이 있어
음계나 유행가가
열려 자란다

건물이 헐리고
일년 가까이
비어 있는 공터에
검은 보따리가
어느 기관의 요원처럼
비밀리에 들어오더니
낡은 가구들이 입주를 시작했다

애국가가 주민인 듯
술병이 뒹굴다가
기타 하나가
세워졌다

조봉익

조유진_{화 가}

조유진 화가 :
개인전 1회. 인천미술대전 최우수상,
한국수채화 공모전 특별상, 대한민
국 수채화대전 이사장상 국제창작미
술대전 우수상 등 수상. 한일 수채화
교류전 참가. 한국미술협회, 인천 수
채화협회 수연회 회원.

CHO yoo jeen

CHO yoo jeeN

조화익 _{화 가}

조화익 화가 :
2016년 수연회전, 2017년 한국 수
채화 페스티벌, 독도 문예대전 입선,
2017~2020년 한일 국제교류전 참
가. 수연회 회원.

2021. 9.
CHO HWAIK

주경림 시 인

주경림 시인 : 서울 출생.
1992년 『자유문학』 시 당선.
시집으로 <씨줄과 날줄>, <눈잣나무
>, <풀꽃우주>, <뻐꾸기창>, <법구
경에서 꽃을 따다> 등.
한국시문학상, 중앙뉴스문학상 등
수상. 유유 동인, 현대향가 동인으로
활동.

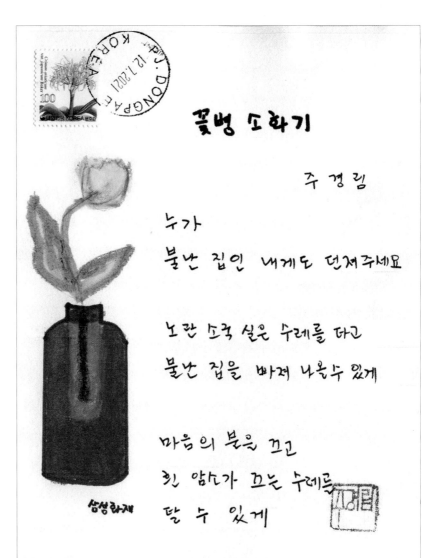

꽃병 소화기

주 경림

누가
불난 집인 내게도 던져주세요

노란 소국 실은 수레를 따고
불난 집을 빠져 나올수 있게

마음의 불을 끄고
흰 암소가 끄는 수레를
딸 수 있게

파초잎 응게

주경림

봄비가 파초 잎 위에 내리자

봉황의 날개를 달고 있었던 사내

봄비가 밟는 대로

후득, 후득

봉황의 날개가 퍼득이고

봄밤이 환하게 들뜨네

차갑부 시 인

차갑부 시인 :
고려대학교 대학원에서 교육학박사
학위를 취득하고 명지전문대학 청
소년교육복지과 교수로 재직하고 있
다. 한국교원연수원의 유·초·중고
교 교사를 위한 온라인 연수 과정의
강사를 역임한 바 있고, 교수법 특강
및 컨설턴트로 활동하고 있다. 대한
민국학술원 우수학술도서인 <텔리
아고지(2010)>와 <평생학습자본의
인문학적 통찰(2015)>을 비롯한 다
수의 저서와, 시집 <깻잎에 싼 고향
(문학의식, 2014)>과 문학의식 동
인시집 <비바람 속에서 나를 찾다
(2016)>가 있다.

매화꽃 세상

화개장터 굽이 돌아 섬진강이 늘어 섰고
강변 백사장이 봄비에 수척한데
광양의 산과 들녘이 새하얗게 물들었다

섬진강 매화 꽃의 믿어를 시샘하듯
껑다리 대나무가 한가운데 버텨서서
흰색에 파란 점들을 둥성둥성 찍고있다.

백설을 흩뿌린듯 옥양목을 휘두르듯
묵향처럼 은은한 삼월에 핀 매화 향기
별종을 허하지 않는 동색으로 가득하다

차 갑 부

다뉴브강 야경

불빛을 먹고 사는 금물결의 다뉴브강
왕궁이 굽어보며 호위하는 위대한 강
물결소리 밤을 가르며 유람선이 흘러간다

하늘을 찌를듯한 의사당의 고층석탑
불빛이 황홀되어 찬연히 빛나는데
강 갈매기 그 위를 날며 부디 소망 빌고있다

낮에 봤던 도나우강 밤에 본 다뉴브강
불빛으로 화장을 한 요염한 여인의 강
두물의 먼 역사를 금물결로 쓰고있다

차 감 부

채희문 시 인

채희문 시인 :
한국외국어대학 독어과에 다님.
『월간문학』 신인상으로 등단.
저서 및 역서로 <세계명작 영화
100>, <문 밖에서>, <쉬쉬푸쉬>, <
가로등과 밤과 별>, <밤에 쓰는 편
지>, <추억 만나기>, <소슬비>, <부
부금혼 시화집>, <시집 잘못 간 시
집> 등 60 여권.
한국일보사 주간 월간 일간 스포츠
편집부장.
한국문인협회 회원.

가을 비엔
우산도 소용 없네
가슴부터 젖으니까.
우수수 지는 나뭇잎엔
빗자루도 별 수 없네
가슴 속 낙엽들은
그대로 있으니까.
이처럼 속절 없이 가을은 가지만
타오르는 단풍잎처럼 그리움은 남아
아득한 하늘자락까지 사무치다가
시나브로 빗물 되어
소슬비로 내리네.

지은이 채 희 문
그림 · 이 부 혜

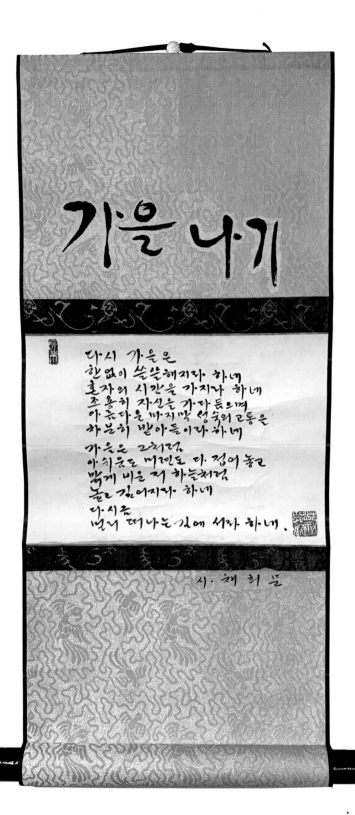

가을 나기

다시 가을은
한없이 쓸쓸해지라 하네
혼자의 시간을 가지라 하네
조용히 자신을 가다듬으며
아름다운 마지막 성숙의 고통을
차분히 받아들이라 하네

가을은 그처럼
아쉬움도 미련도 다 접어놓고
맑게 비인 저 하늘처럼
높고 깊어지라 하네
다시금
멀리 떠나는 길에 서라 하네.

시·해 희 문

최균희 시 인

최균희 시인 :
1975년 〈조선일보〉 신춘문예 동화 당선
창작동화집: 〈아기 참새〉, 〈쨍과리 소년〉, 〈나비를 달아 줄게〉 외 20여 권
동시집: 〈아이와 달맞이꽃〉, 한영 동화집: 〈아기 참새〉, 장편소설: 〈평양기생학교 스캔들〉 외
(사)어린이문화진흥회 이사장, 국제 펜한국본부 부이사장, 한국여성문학인회 이사 외
수상: 한국문학예술상, 한국아동문학창작상, PEN문학상, 김영일아동문학상 외 다수

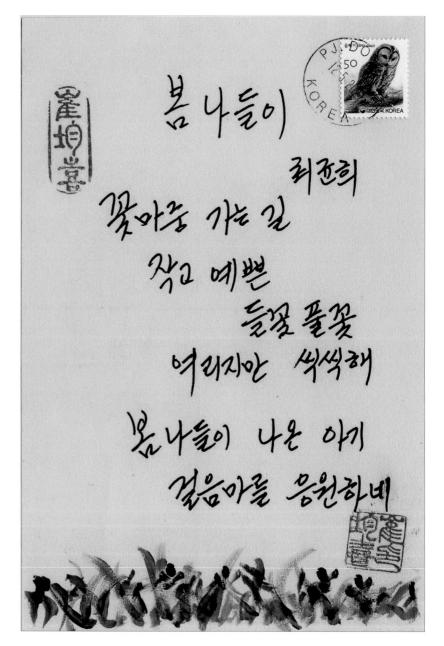

봄 나들이

최균희

꽃마중 가는 길

작고 예쁜

들꽃 풀꽃

여리지만 씩씩해

봄 나들이 나온 아기

걸음마를 응원하네

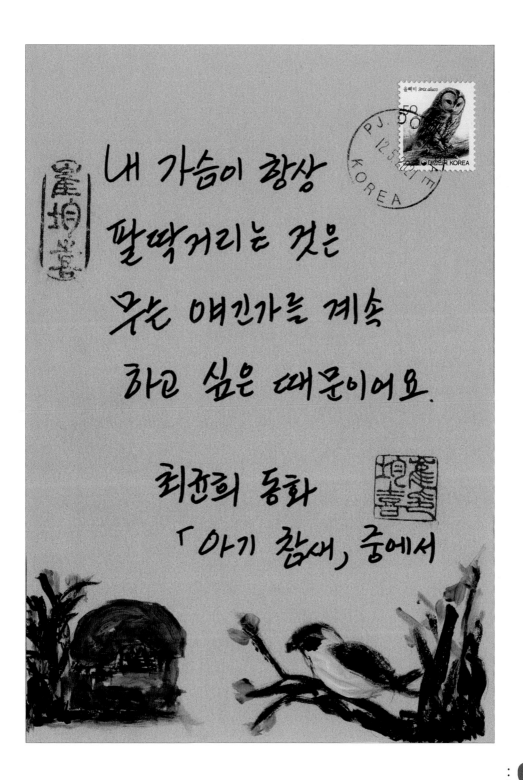

내 가슴이 항상

팔딱거리는 것은

무슨 얘긴가를 계속

하고 싶은 때문이어요.

최춘희 동화

「아기 참새」 중에서

최동희 시 인

최동희 시인 : 경기도 포천 출생.
1996년 『시대문학』으로 등단. 시
집 <풀밭의 철학>이 있다.

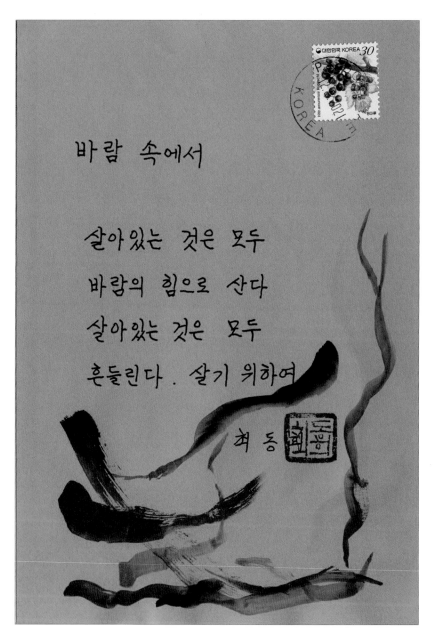

바람 속에서

살아 있는 것은 모두
바람의 힘으로 산다
살아 있는 것은 모두
흔들린다 . 살기 위하여

최 동 희

그렇게 그렇게

엷은 볕 한 줌에
소리 없이 녹아버리는 눈처럼
마구 휘저어도
스스로 맑아지는 강물처럼
설레는 길마중 없어도
노여움 없이 피는 들꽃처럼

최 등 희

최봉희 시 인

최봉희 시인 : 호는 가원
시화집 1집 <나에게>
시화집 2집 <긴 기다림이 아니었으
면>
동양화 개인전 4회
현재 ; 한국시인협회 회원, 한국 미
술협회 회원

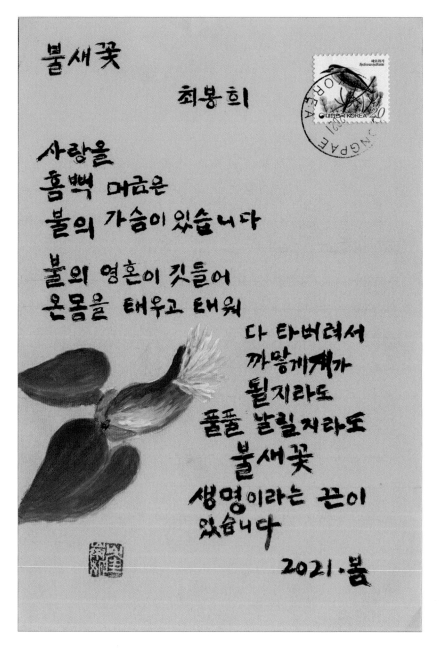

불새꽃

최봉희

사랑을
흠뻑 머금은
불의 가슴이 있습니다

불의 영혼이 깃들어
온몸을 태우고 태워

다 타버려서
까맣게 재가
될지라도
풀풀 날릴지라도
불새꽃
생명이라는 끈이
있습니다

2021.봄

해국

최봉희

파도가 몰아칠 때
휩쓸려 달려올 만큼
바위틈에 핀
국화 향기의 그리움이
하도 커서

놓아 버린 손목 붙잡아
물그림을 그리면서
피어나는
해국

2021. 봄

최서진 시 인

최서진 시인 :
2004년 『심상』 등단. 문학박사.
시집으로 <아몬드 나무는 아몬드가
되고>, <우리만 모르게 새가 태어난
다>가 있다. 2018년 서울문화재단
창작기금 수혜. 2019년 문학나눔
우수도서 선정. 김광협 문학상, 성호
문학상 본상을 받았다.

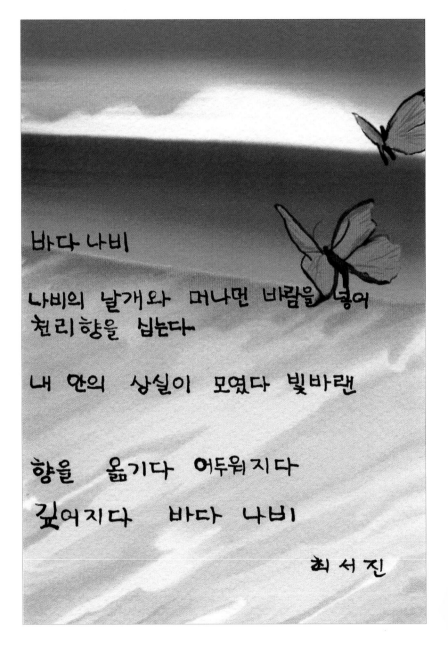

바다 나비

나비의 날개와 머나먼 바람을 넣어
천리향을 십눈다

내 안의 상실이 모였다 빛바랜

향을 옮기다 어두워지다
깊어지다 바다 나비

최 서 진

매화를 완성하다

겨울 다음에 봄이라는 것이
마음에 든다
나는 아프고 무수한 밤의
음악을 모두 이해 했으니
이제

매화를 불러 줘요

최 서진

ㅊ

최순애 시 인

최순애 시인 :
한국문인협회회원, 펜클럽 한국본부
회원, 세계시인협회 이사, 팔마문인
회 회장.
시집 <시인의 나팔> 외 5권

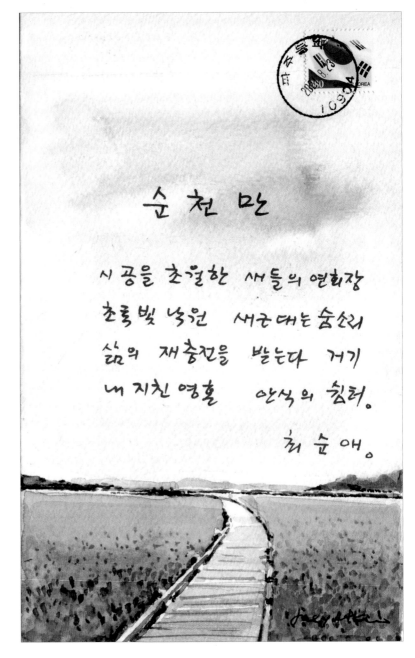

순천만

시공을 초월한 새들의 연회장
초록빛 낙원 새군대는 숨소리
삶의 재충전을 받는다 거기
내 지친 영혼   안식의 쉼터.

최순애.

들 국 화

가을 햇살에   연지 곤지 찍고
내 영혼 홀린 님 향기에 취해
내 눈 콩깍지   씌웠네
나 님과   혼인 하고싶어
천 년 순수   초야의 꽃이고저.

                    최 순 애.

최영희 _{시 인}

최영희 _{시 인}

최영희 시인 :
노엘하우스 대표(전), 태극 로터리
총무 역임
창동염광교회 권사, 한빛문학상 수
상(운문부문)
새마을 지도자, 각 교회 회장 역임
등

거짓말쟁이 인생

최영희

다양한 삶 속에 살아가는 인생
웃음 속에 살아가는 인생
울음 속에 살아가는 인생
화장술로 인해 기본형을 잃은
사람들의 모습
예기치 않은 일을 당해 염두조차
못내 당황하는 모습
포장술이 난무하는 현실
거짓말쟁이 인생이 아닐까?

할미꽃

최영희

꽃 중에 꽃 할미꽃
다소곳하며 상대를 존경하는 꽃
이 꽃만큼은 더 많이 접하리라

보고 싶어라

할미꽃이여

하늘과 땅 사이를 헤집고서라도

츠

최윤정 시 인

최윤정(崔允丁) 시인 : 1949년 서울 출생.
『문학과 의식』으로 등단 후, 자유 기고가로 활동, 특히 여행을 밥먹는 것보다 좋아 해서 시간과 돈만 생기면 어디든 떠나지 않고는 못배김. 여행지에서 만난 놀랄만한 아름다움은 돌아와 테마기행, 문학기행, 맛기행 등의 테마로 여러 매체에 발표함. 한국문인협회, 『여백 시』 동인『새흐름』 문학동인, 세계여행작가협회 회원으로 활동 중.

雪

　　　최운정

비진한 뒤 자리에
눈밭은 더욱 선레이고

빈 숲은 뒤 흔드는
바람만 홀로 앉고있다

이 세상
어느 오지면
몸져 누운 봄 신명이…

최재문 시인

최재문(翠湖堂 崔在文) 시인·수필가·칼럼니스트 :
국제계관시인연합UPLI poetry korea주간
(사)국제PEN한국본부 이사(사)한국문인협회(사)한국현대시인협회이사,
대전유교문화진흥원 초대원장역임,
한국성균관전의 역임,
한국현대시 특별상 수상, 대한민국기술대상 수상, 대한민국전통문화예술부문 명인대상수상,
저서로 <선비낙향하다>, <어찌하랴예의와 염치를>, 공저 <3.8의거와 민주물결>, <한국문화선양> 외 다수

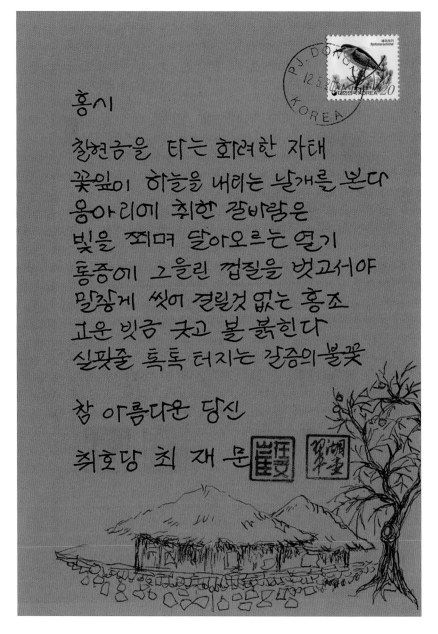

홍시

찰현금을 타는 회려한 자태
꽃잎이 하늘을 내리는 날개를 본다
옹아리에 취한 갈바람은
빛을 쬐며 달아오르는 열기
통증에 그을린 껍질을 벗고서야
말갛게 씻어 걸릴것 없는 홍조
고운 빗금 긋고 볼 붉힌다
실핏줄 톡톡 터지는 갈증의 불꽃

참 아름다운 당신

취호당 최 재 문

절세의 가시성

낮달이 게으름을 피우는
가시넝쿨 위리안치 속에서
잎새마다 젊음을 가다듬어
타오르는 불꽃으로
초경으로 터진 피돌기는
봉긋한 가슴에 향기를 가눈다
하늘에 순종하는 천진함인 듯
거울 같은 호수의 심장이듯
함초롬이 붉은 눈동자
숨어품은 절세의 가시로
유혹의 눈짓은
음율의 싱싱한 자궁이어라

취호당 최 재 문

최홍준 시 인

최홍준 시인 :
성결대학교 사회복지대학원(박사 과
정)
한빛문학 문학상(운문 부문) 수상
한빛 문학 문학상(산문 부문) 수상
시와함께 회원, 사상과 문학 운영위
원, 한국펜클럽 한국본부 회원
시집 <솔향기 되어>

세월

최홍준

고락을 반복하는
시간을
기다림이라 하는가

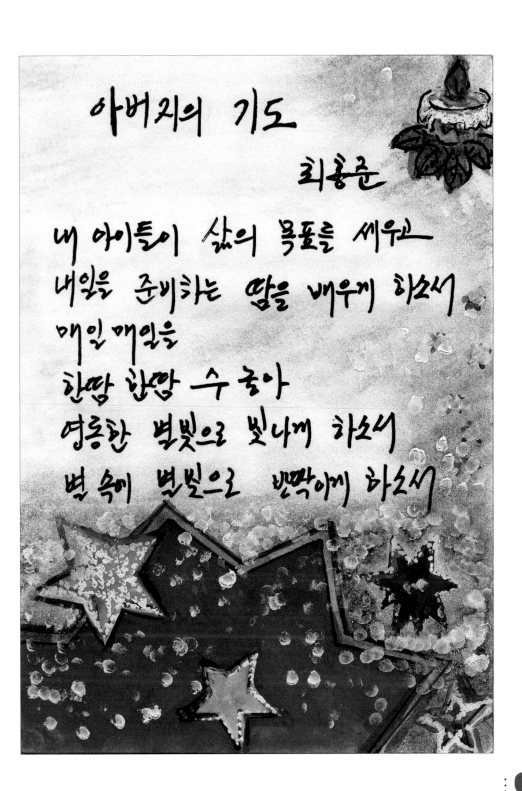

아버지의 기도

최용준

내 아이들이 삶의 목표를 세우고
내일을 준비하는 땀을 배우게 하소서
매일매일을
한땀 한땀 수놓아
영롱한 별빛으로 빛나게 하소서
별 속에 별빛으로 반짝이게 하소서

한 상 유 _{화 가}

한상유 화가 : 호는 경은(景恩)
한국화가로 한지와 수묵 채색 등을 활용하여 독특한 성화를 그리고 있는 작가이다.
기독교 신앙인으로 회화 속에서 신앙의 중요성을 작품화 하고 있다. 글러벌 미술대전에서 장려상을 받았고, 신사임당 미술대전, 대한민국여성미술대전, 대한민국 미르인 미술대전 등에서 입상하였다.
한·불 수교 130주년에 참여하였고, 프랑스 아트샵핑에 참여하였다.
현재는 (주) 메타텍 이사로 활동하는 사업가로서 동양수묵연구원과 파인아트 멤버로 작품 활동을 하고 있다.

한이나 시 인

한이나 시인 :
1994년 『현대시학』 발표로 활동
시작.
시집 <가끔은 조율이 필요하다>, <
귀여리 시집>, <능엄경 밖으로 사흘
가출>, <첩첩단풍 속>, <유리 자화
상>, <플로리안 카페에서 쓴 편지>
수상: 2010 서울문예상 대상, 2012
한국시문학상, 2018 꽃 문학상,
2020 대한민국시인상 대상, 2020
영축문학상, 2016 세종도서나눔 선
정

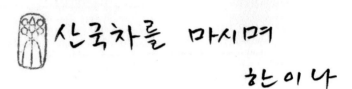

산국차를 마시며

한이나

서릿발 꽃 핀, 산국
저 혼자 들판을 만든다
뜨겁게 뜨겁게 피어난 아픔
마음 속
슬픈 소리가 나는 꽃,
마른 입술에서 태어나는
노란 향기
시린 뼛속까지 환해지는 그윽한 향기의 소리
별의 물소리.

그리움의 온도 80도
　　　　　　한이나

이슬 마른 후의 아침 연둣빛 생잎속살
녹찻잎의 순정한 시간을 닦았다
덥히 않은 그리움의 온도 팔십 도
사월의 우전차 그리움의 향기,

그리움의 푸른 것들은
끝까지 색을 놓지 않는다.

허은화 화가

허은화(許銀花) 화가·시인 : 호는
연향.
개인전(이형아트센터), 창석회전, 여
성작가회전, 한국현대미술 1000인
전(단원미술관), 꽃은 예술이다 (이
형아트센터), 한국현대미술총람전,
부천미술제, 부천 한·일 교류전, 중
국 청도미술관 초대전
現 한국미술협회, 부천미술협회, 창
석회, 한국여성미술작가회 회원, 한
국문인협회 회원

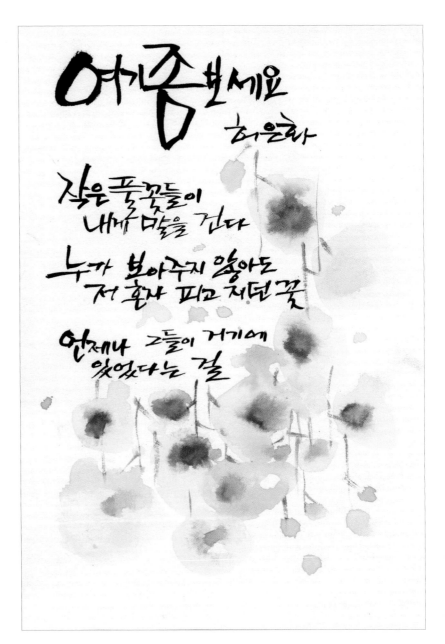

여기좀보세요

허은화

작은 풀꽃들이
내게 말을 건다

누가 보아주지 않아도
저 혼자 피고 지던 꽃

언제나 그들이 거기에
있었다는 걸

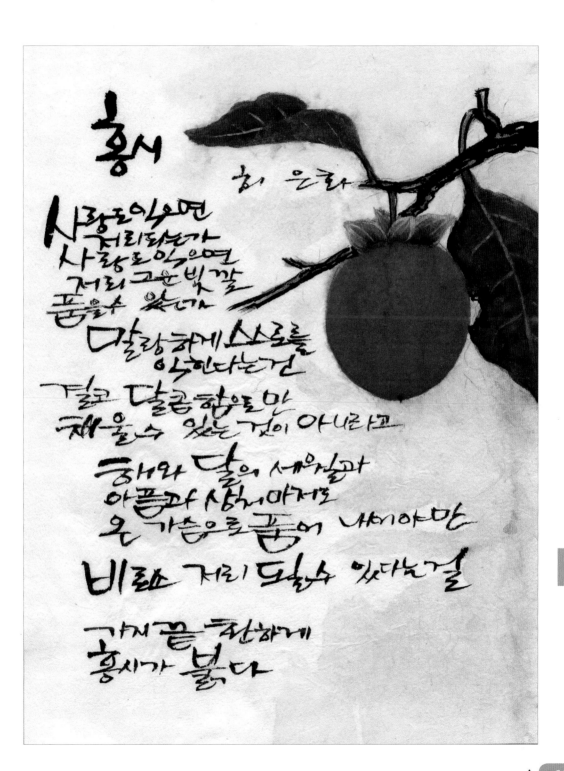

홍시

최 은하

사랑도 익으면
저리 되는가
사랑도 익으여
저리 고운 빛깔
품을 수 있다가

말랑하게 스스로를
익힌다는건

달고 달콤함으로만
채울 수 있는 것이 아니라고

해와 달의 세월과
아픔과 삼키어져도
온 가슴으로 품어 내어야만

비로소 저리 될수 있다는걸

거개 끝 황하게
홍시가 붉다

홍미자 화 가

홍미자 화가 :
덕성여자대학교 응용미술과 졸업.
개인전 2회. 한·중·일 수채화 아카
데미전, 교류전 등 참가. 현재 학교법
인 문성학원 이사장. 한국미술협회,
수연회 회원

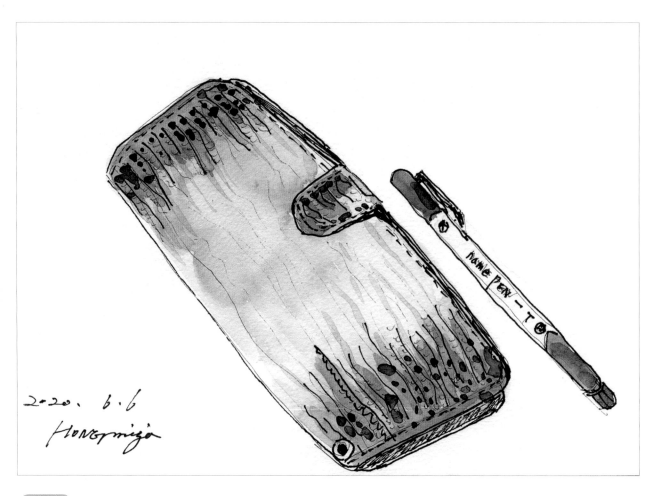

2020. 6.6
HONGmija

2020. 10. 15.

Hongmija

홍성필 _{시 인}

홍성필 시인 :
2018년 『한빛 문학』으로 등단
1989년 재)정보문화센터, 표어현상
공모 우수상 수상
2002년 여신금융협회, 전국수기공
모대전 장려상 수상

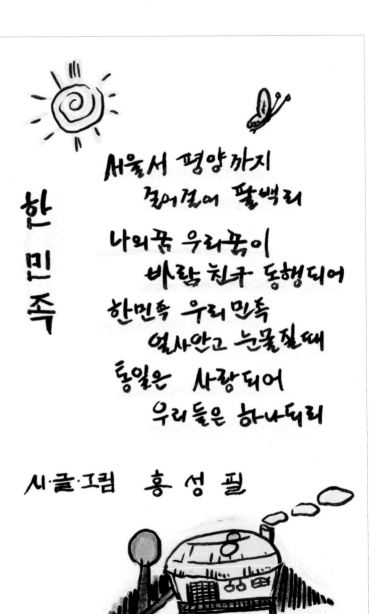

한
민
족

서울서 평양까지
걸어걸어 팔백리

나의꿈 우리꿈이
바람 친구 동행되어

한민족 우리민족
역사안고 눈물질때

통일은 사랑되어
우리들은 하나되리

시·글·그림 홍성필

인생

어둠속 빛을 찾는 그림자
되돌아 갈수 없고 되돌려 볼수 없는
인생 나그네 길
지난날 삶의 무게 등이 져려
순간 정신차려 앞을보고 위를 보며
꿈꾸며 희망의 날개를 펼친다
마음안에 생각 모든 찌꺼기들 근심.걱정.염려
시기.질투.욕심.탐욕 과거에 던져 버리니
가벼운 몸과 마음 손등나온 인생여정 길에
무거운 짐 다 내려놓자 좋은글 하나 적어놓고
낙원으로 가는 행복열차에
기쁨티켓 가지고 탑승하세

시·글·그림 홍 성 필

황경애 _화 _가

황경애(黃慶愛) 화가 :
이화여자대학교 미술대학 서양
화 전공. 개인전 5회, 그룹전 다
수 Art Expo New York(뉴욕, 미
국-2006), Art Sydney(오스트랄
리아, 시드니-2006), Sipa(Seoul
International Prints Art Fair 예
술의 전당, 한가람미술관-2006)
등.

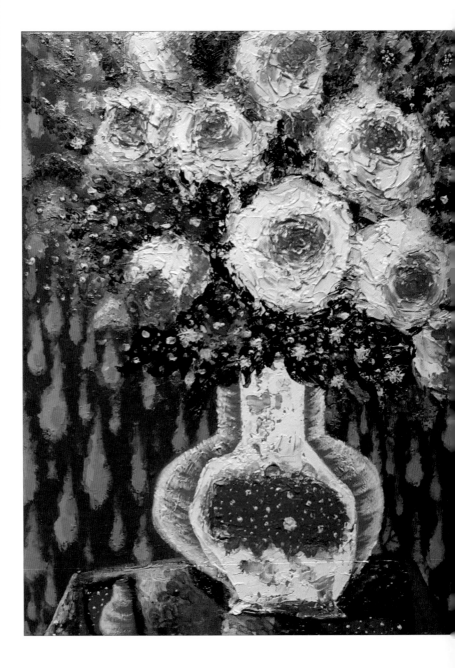

황명걸 시 인

황명걸(黃命杰) 시인 : 1935년 평양에서 태어나고, 서울대학교 문리대에서 불문학을 전공했다. 1962년 『자유문학』에서 '이 봄의 미아'로 등단했다.
1976년 첫 시집 <한국의 아이>를 출간하고, 이후 <내 마음의 솔밭>과 <흰 저고리 검정치마>를 간행했으며 최근에는 <황명걸 시화집>도 낸 바 있다.

새중 천상병

외롭게 살다 외롭게 죽을,
내 영혼의 빈터에
새날이 와, 새가 울고 꽃잎 필때는,
내가 죽는 날
그 다음 날

살아서
좋은 일도 있었다고
나쁜 일도 있었다고
그렇게 우는 한 마리 새

★변종하의 새를 빌리다 13光

조선의 처녀_중   황명걸

우리네 가을 하늘이
저렇게 푸른 까닭은
추수 마당의 시골 처녀
정녕 그 얼굴빛깔이 붉기 때문이다

＊이만익의 그림 차용

ㅎ

편자 **최 석 로**(1935~) 약력

한국일보사 기자, 주간한국 차장(1963~8)
독서신문사 대표이사(1975~1982)
서문당 대표(1968~현재)
한국역사사진자료연구원 원장(1988~현재)
저서 : 일일행사 <오늘의 역사>, <민족의 사진첩 전4권> (1995년
　　　한국출판문화상 수상) <옛그림엽서>, <시를 위한 명언>, 육필시화 <까세
　　　1. 2. 3. 4. 5권> 등
기획출판 : <서문문고> 330권, <서양의 미술 50권>, <한국고전문학 100>, 한국
　　　현대미술 <아르 코스모스> 24권, <김남조 시전집>, <구상 시전집>, <박
　　　목월 시전집>, <김춘수 시전집> 등의 전집과 개인 시집 100 여종, 김남
　　　조, 이어령, 천경자, 김동길, 강원룡 등의 에세이 시리즈, 아동도서 <어린
　　　이 글밭> 60권, 그리고 <여명 80년>, <우리말의 뿌리>. <일본종군위안부
　　　자료집>, 등 학술 교양도서 2,000 여종과 <세계대백과사전 전20권>, <새
　　　생활대백과사전 전8권>, <우리말 속담 큰사전> 등 발행.

한국의 유명 시인 화가 212인의
까세 육필 시화집 V

초판 인쇄 / 2021년 11월 20일
초판 발행 / 2021년 12월　1일

발 행 인 / 최 석 로
발 행 처 / 서 문 당
주　소 / 경기도 고양시 일산서구 덕산로 99번길 85(가좌동)
우편번호 / 10204
전화 / 031-923-8258 팩스 / 031-923-8259
창립일자 / 1968년 12월 24일
창업등록 / 1968.12.26 No.가2367
출판등록 제 406-313-2001-000005호
등록일자 2001. 1.10

ISBN　　978-89-7243-817-5

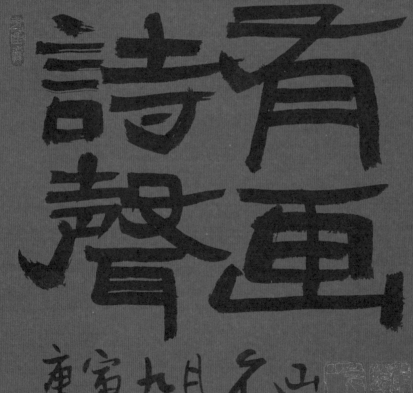

詩聲有重

庚寅 九月 元山